# 貝拉與莫樂多的奇妙旅行

文／陳始暢　圖／陳始暢、儲巍

# 目次

# 小貝拉出發了

在山的另一端有一片美麗的森林，森林裡生活著一群快樂的猴子，白天猴子們在樹林裡摘果子吃，相互嬉戲逗趣，到了晚上，他們爬上高高的大樹，數著星星，看著月亮睡大覺。

猴群裡有一隻小猴子，他的臉扁扁的，怎麼看都和別的猴子不一樣！他的名字叫貝拉。貝拉有著一雙大大的眼睛，比別的小猴子都大。每當他碰到問題思考時，大大的黑眼睛會滴溜溜的轉三圈。哈，不多不少正好轉三圈！有趣的是，每當貝拉滴溜溜轉了三圈大眼珠後，往往一個好

辦法就想出來啦！

貝拉很小的時候也問過爸爸媽媽：「我的臉為什麼要比其他的小猴子扁？」爸爸媽媽就說：「你一生出來，臉就是扁的。我們覺得臉扁扁的挺好啊，要知道，你是多麼與眾不同！」扁臉猴就說：「那好，我就做一隻與眾不同的猴子吧！」

貝拉生活的森林一年四季盛產許許多多美味的水果。貝拉最喜歡吃香蕉，他覺得世界上最最美味的水果就是大大的香蕉。貝拉只要一想到香蕉的美味，他的口水就止不住的嘩嘩流出來啦！

在一個陽光明媚的午後，貝拉斜靠在湖邊的一棵大樹上，他的大眼睛眨啊眨，美美的吃下一根香蕉後，他想到了這樣一個問題：「在我生活的森林之外，有一個什麼樣的世界呢？」貝拉想破了頭皮，也想像不出，於是他做出這樣一個決定：「我要到森林外面的世界看看！」

他把這個想法告訴了他的父母，父母也很支持他的想法。媽媽說：「孩子，你確實應該出去看一看，這樣可以增長見識，說不定還會交到很多好朋友！」爸爸也說：「去吧，去外面看一看，要知道世界上你不知道的東西多著呢！」

就這樣，扁臉猴貝拉告別了父母，踏上了好奇的旅程。他翻過一座又一座山，越過一條又一條河流。路上他碰到長頸鹿琪琪在吃樹上的葉子，卻吃了下面的、搆不著上面的。貝拉就爬上樹，把樹葉壓得低低的，好讓長頸鹿能夠吃得著。長頸鹿琪琪表示感謝，並問道：「你要去哪兒啊？」貝拉驕傲的說：「我要到外面的世界看看！」「真棒！」琪琪說，「記得回來告訴我們你路上的見聞，要知道，我也很想知道外面的世界是什麼樣子呢！」

貝拉繼續往前走，他看到小綿羊西西被卡在山谷的巨石之間，動彈不得，發出了「咩咩」的慘叫聲。貝拉趕快跑過去，用力推啊推，終於將小綿羊西西救了出來。西西非常感謝貝拉，問貝拉：「你要去哪兒啊？」貝拉告訴他「要出去看看外面的世界」，西西羨慕的看著貝拉說：「你真了不起，祝你一路順風！」就這樣，貝拉告別了美麗的森林和森林裡的夥伴們，向著遠方前進了！

眼看太陽要落山了，貝拉發現自己來到了一個村莊前面，村莊裡面有許多矮矮小小的房子，造型奇特，非常有趣！貝拉想：「這是哪裡呢？」他一個個的去敲房子的門，可是就是沒有人來開門，好像全村的人都出去了。這是一個空蕩蕩的沒有人的村莊！

貝拉還發現：每一幢房子的屋簷下都掛著一個巨大的南瓜，不多不少，一幢房子前面一個！貝拉覺得很奇怪：「沒有人的村莊掛著這麼多的南瓜做什麼？」想到這裡，他咕噥著自言自語的說了一句：「拉拉不明白！」

到了夜晚，風「呼呼」的吹了起來。貝拉決定到房子裡面避避風過一夜。於是他推開門，走進了一間房子，藉著月光，他爬上了一張床。看著窗外的月光，貝拉覺得睡在床上比睡在大樹上要舒服多了。於是就閉上眼睛，「呼呼」的睡著了。

到了下半夜，貝拉被一陣聲音吵醒了。他探出頭，看到村子裡有三個人鬼鬼祟祟，他們好像在搬運房子上面的南瓜！貝拉想：「怎麼這麼晚了還有人來搬東西？拉拉不明白！」

於是他來到自己的屋子外面，看到同樣掛著一個大南瓜。他敲了一敲南瓜，結果南瓜裡面也發出了「咚咚咚」的敲打聲。他對著南瓜悄悄的問：「你好，裡面有人嗎？」結果南瓜裡一個聲音回答道：「你好，我是這裡的村民莫樂多，我被關在南瓜裡面，你能放我出來嗎？」貝拉說：「好啊！」於是他找來了一把斧頭，劈開了南瓜。從南瓜裡面出來了一個小矮人。小矮人眼睛特別明亮，鼻子紅彤彤的，穿著一雙超級大的鞋子！

小矮人對貝拉說：「謝謝你，朋友！我是被騙進南瓜的，結果被關在裡面，出不來啦！」小矮人接著告訴他：「有一天，我們村裡來了三個高個子的人，他們在推銷他們的大南瓜，說在南瓜裡面睡覺可以睡得安穩又踏實。於是，我們的村長矮人拉莫就給我們每個人買了一個。到了晚上，我們都爬進南瓜，結果就出不來了！我們被騙啦！噓，你看，現在騙子三人組要來搬運裝著村民的南瓜啦！他一定是要把我們賣給城裡的馬戲團！」說著，貝拉看到騙子三人組果然在搬運南瓜往馬車上裝。貝拉眼珠子滴溜溜的轉了三圈，他拍拍腦袋然後說：「我們要想個辦法，不能讓騙子得逞了！」

於是，他們找來白色的麻袋，剪了兩個小孔，把袋子套在自己的身上，然後，一蹦一跳的向騙子三人組跳去。一邊跳還一邊顫抖的叫著：「我的肚子好餓啊，我在找吃的！」

騙子三人組正在搬運大南瓜呢。結果一看到遠處兩個白色的東西跳過來，嘴裡還念念有詞，一下子嚇了一大跳！他們以為是傳說中的幽靈來了，趕快丟下手中的南瓜逃走。其中一個高個子騙子還在慌忙中撞到了樹上，發出了一聲慘叫！起來後，一溜煙的逃了出去！

於是，貝拉和小矮人莫樂多打開了一個又一個南瓜。從南瓜裡，小矮人一個一個的陸續被救了出來。小矮人密密麻麻一大群，他們的眼睛都大大的一眨一眨，非常可愛！

大家非常感謝貝拉，並熱情的邀請貝拉在村子裡做客，他們覺得貝拉簡直就是他們的大英雄！貝拉用手抹了抹鼻子，大眼珠轉了一圈，不好意思的說：「謝謝大家的好意，如果大家一定要謝我，嘻嘻——」他頓了頓，發現大家都在好奇的期待他說出下面的話：「那就借我一張舒服的床，讓我美美的睡上一覺吧！」「哈哈！」矮人們爆發出歡快的笑聲。小矮人莫樂多擠進人群高興的說：「今晚我們倆一起睡吧，我可要和你好好聊一聊呢！」於是，貝拉和莫樂多來到莫樂多的小房子裡。他們爬上床，肩膀挨著肩膀，腳高高的翹在牆壁上，兩個人聊了許許多多開心的話題！

第二天，天亮了，貝拉決定繼續出發。村民們都來送行，村長熱情的說：「歡迎再來我們小矮人村莊，你是我們的好朋友！」貝拉在大家的祝福下，踏上了愉快的旅程。

# 腦袋家族

貝拉走啊走，他跨過九條河，翻過三座山，眼前出現了一大片碧綠的草地。草地上盛開著一朵朵美麗的花朵；天上的白雲一團團，就好像一群群白色的綿羊；蝴蝶在草叢上飛來飛去。這真是一個美麗的地方！

就在貝拉陶醉在美麗的景色中往前走時，卻不小心「啪」的一下子，掉進了一個大大的坑裡！這個坑好大，原來上面覆蓋著小草，這分明是一個陷阱！貝拉大聲的呼叫起來：「誰來救我出去，有人嗎？」

這時坑的上面出現了許多腦袋，大大小小，往坑裡好奇的張望！貝

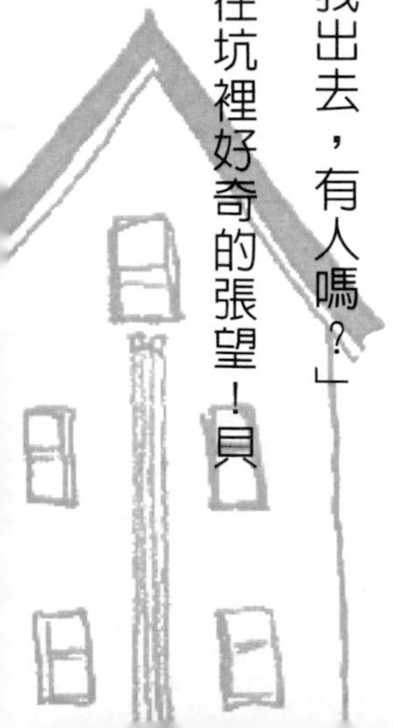

拉數了數，腦袋不多不少正好二十個，他們都睜著好奇的大眼睛，開心的看著坑裡的貝拉。其中一個腦袋說：「哈，今天果然有收穫啦！」另一個腦袋也開心的說：「是啊，你看，我們成功啦！」「不過，不是一隻肥肥的兔子！」「是一隻猴子啦！」腦袋們你一句我一句的交談著，他們把貝拉當做他們的獵物，一副興高采烈的樣子！

這時，一個腦袋說：「我們得把他弄出來！」貝拉覺得自己處境很危險，因為他看到這些圓腦袋的傢伙看著他的樣子好像在欣賞一頓美餐！於是大叫道：「喂，你們救我出來好嗎？」這時一個腦袋說：「我們當然要把你弄出來，但是你可不能逃走哦，你是我們的獵物！」貝拉想：「果然是這樣，我得想想辦法！」這時一根繩子垂了下來，一個腦袋說：「喂！你能不能把自己綁起來，這樣我們才不怕你逃走。再說，也只有這樣也才能拉你出來啊！」

貝拉聽了，覺得很好笑，他說：「你想得美，雖然我想出來，但我也不會傻到把自己捆起來呀。再說，自己怎麼捆自己啊！」腦袋們一聽也犯愁了，他們生氣的說：「如果你不捆自己的話，我們可要拿大玉米來砸你啦！」

果然，一個個腦袋各自推著一根大玉米，紛紛砸了下來。貝拉一看，這玉米果然挺大的。於是，他們扔一個，貝拉就吃一個。奇怪的是！每吃一個玉米，他就長高一點。原來，這神奇的玉米可以讓人長大！貝拉吃了二十個玉米，變得超級大，居然可以抬起腳一步跨出了大坑。二十個腦袋害怕了，他們沒想到貝拉可以長這麼大，都縮在一起，一步步向後退。貝拉抬起大大的腳，他要嚇一嚇腦袋們，所以他「咚」

的一步，腦袋們就紛紛退後一步。

就在這時，貝拉放了一個長長的屁，結果，一下子又變小了，變了回來。這下腦袋們可樂壞了，他們反過來又要進攻貝拉了。貝拉尷尬的笑了起來，說：「玉米還有嗎？」一個腦袋說：「哼，你當我們是大傻瓜嗎？你吃了我們的玉米，我們可是要吃你啦！」

就在這時，貝拉看到遠處拋來了一根繩子，繩子打著圓圈，正好套住了二十個圓圓的腦袋。腦袋們被綁在一起活像一大串美味的葡萄！貝拉一看，「哈！」他樂了，原來是他的好朋友小矮人莫樂多。貝拉高興的說：「莫樂多，你怎麼來啦，你來得真及時！」莫樂多也開心的說道：「是啊，貝拉，我可想你啦，我要和你一起去外面的世界看看！我來和你結伴旅行呢！」

貝拉一聽更高興了，他向二十個腦袋介紹道：「這是我的好朋友莫樂多，怎麼樣，厲害吧？」一個腦袋怯生生的問：「那你自己還沒有自我介紹呢！」「哦，對不起，我是貝拉，來自陽光森林，你們是誰啊？」一個腦袋說：「我們是腦袋家族。你看，我們長得圓圓的，是不是很可愛呀？我們住在這片草地上，每天吃玉米為生。後來，我們想換換口味，於是挖了個大坑，本來是想逮個兔子、綿羊什麼的，沒想到掉進去的是你！」

貝拉生氣的說：「你們這樣挖個坑，守坑待兔的做法可不是什麼好手段。我聽說河裡有很多魚，你們可以去做個魚網，去河裡捕魚，這樣也許天天有好吃的呢！」腦袋們撲閃著大大的眼睛，一個腦袋說：「河裡有魚是我們早就知道的，但你看我們都是一個個的腦袋，我們沒有手腳來撒魚網啊！」

這時莫樂多摸摸自己的腦袋，他說：「在我們矮人村，我們也是大家一起配合做很多很多一個人做不了的事情。我看，你們有這麼多腦袋——」「二十個！」一個腦袋補充道。「對，二十個腦袋。如果你們團結起來，組合成一個人的樣子，這樣你們不就可以做許多你們單獨無法完成的事情嗎？」「對啊！」腦袋們得到了啓發。

莫樂多解開了捆綁他們的繩子，腦袋們於是練習起來，樣子像極了馬戲團裡的疊羅漢。二十個腦袋組合成一個人的樣子，他們有了手和腳，而且配合得非常有默契，因為他們本身就是一個非常有默契的團隊！他們高興得感謝貝拉和莫樂多。當聽說貝拉要周遊世界以增長見識時，更加佩服他們的勇氣。腦袋們熱情的邀請他們在這裡過一夜。貝拉說：「現在天還不晚，我們想繼續出發了！」於是，他們揮手告別了可愛的腦袋家族，繼續上路了。

路上，貝拉問莫樂多：「多多，你怎麼來啦？見到你我真的太開心了！」莫樂多摸摸鼻子，紅彤彤的鼻子被摸得更紅了。莫樂多有兩隻大大的耳朵，說話時，他的大耳朵會一動一動的非常滑稽。他說：「自從你走了以後，我非常想念你，我和老村長說我也要像你一樣到外面的世界走一走。老村長非常贊同，他說：『出去可以增長見識。』於是，我就朝你走的方向趕來了，哈！」

貝拉開心的說：「這樣好啊，我正好沒人做伴呢！」於是他們手拉手一起出發了！

# 胖子國王

就這樣，貝拉和莫樂多走啊走一路向前。莫樂多唱著奇怪的歌曲，他總是唱一下，頓一下，接著又唱出一串歡快的音符。貝拉就問莫樂多：「你唱的都是些什麼啊？我怎麼都沒聽過。」莫樂多「嘿嘿」笑著，得意的說：「這是我們小矮人村裡每個人都會唱的歌曲，只要我們勞動時我們就會一起唱這首歌。有一次下大雪，大雪覆蓋了我們整個村莊，我們就在村長的帶領下，唱起這首歌，拿著鏟子一下子就把路上的積雪清理乾淨！大家一起幹活可有勁！」貝拉也覺得很有趣，他打算以

後回到森林推廣這個好辦法！

聊著聊著，他們來到一座宮殿的前面，這個宮殿很雄偉，門口還站著威武的衛兵。貝拉說：「這一定是座皇宮！我聽爸爸說過，皇宮裡面住著國王，國王可神氣啦！」莫樂多也說：「嗯！我們進去拜訪一下國王吧，我還從來都沒有見過國王呢！」

於是，他們朝皇宮的大門走了進去。這時，兩個衛兵攔住了他們的去路。衛兵說：「你們是誰？這是皇宮，不是隨便進出的地方！」莫樂多禮貌的說：「我們是來自遠方的朋友，路過這裡，出於禮節來拜訪貴國國王。」衛兵一聽，說：「那我去通報一下，你們等一下！」

過了一會兒，衛兵走出來，說：「請進吧，我們的國王也想見見你們。」於是，他們大搖大擺的走進了皇宮。在皇宮的寶殿上，他們看到一個大大的胖子彆扭的坐在寶座上，故作威嚴的瞪著他們兩個。見到他們來了就問道：「你——們——是——誰——啊？」聲音拉得很長。貝拉說道：「您好，我們是來自遠方的客人：我是來自陽光森林的扁臉猴貝拉，他是我最好的朋友小矮人莫樂多！」國王就說：「那你知道我是誰嗎？」

小矮人莫樂多嘴快，他說：「我看您像個胖子！」胖子國王一聽，覺得很不舒服，生氣的問道：「你們再仔細看看，我到底是誰？」於是，他們真的仔細打量起國王的樣子。這一打量，他們發現國王挺滑稽的——因為他太胖了！衣服顯然並不合身，兩撇彎曲的鬍子一翹一翹，這可是皇帝情緒的晴雨表！他們打量完畢，莫樂多「嘿嘿」一笑並鞠了一躬說：「您是尊敬的國王殿下，我剛才沒有禮貌，向您道歉。但說實話，您確實挺胖的！」國王的鬍子一翹一翹，分明還在生氣。這時一個年老的大臣走了出來，對他們說：「其實，這恰恰是我們拉西國的優良傳統：因為我們這裡沒有世襲的國王，每年的四月份，我們這裡就要舉行國王競選大賽，選取國家最胖的人來做我們國家的國王；任期一年。當然也可以連任，那就是如果你還是最胖的人！」

貝拉和莫樂多「哈哈」笑了起來，覺得這真是一個有趣的國家，國王居然是挑選胖子來做！於是他們為自己的不禮貌而道歉。從皇宮裡出來後，他們兩個人做了一個決定，他們要在這個拉西國住下來。於是，他們找了個旅店，開始實施他們的計畫——他們要參加明年四月份的國王競選！所以，他們每天都去找這個國家最美味的小吃，然後大吃一頓，吃不完還大包小包帶回旅館接著吃。就這樣，他們的身體開始發

胖，如果你看到他們發胖的樣子，還以為看到了兩個圓咕隆咚的大氣球呢！

時間很快到了這一年的四月份，國王競選開始了。皇宮裡衛兵們抬出了一個巨大的秤。競選者們開始逐一上秤。真有趣，胖子們一個比一個胖！最後，貝拉以微弱的優勢戰勝了莫樂多，成了這個國家的新國王。貝拉接過上任國王的皇冠，一搖一擺坐上了國王的寶座。而莫樂多呢，因為太胖了，成了裝飾皇宮的一個大氣球，笑哈哈的看著好朋友成為新國王！

做了國王的貝拉每天都在忙碌著；不是不停的開會，就是不停的召見各個國家的使節。幾乎一天都沒有休息。這時他才發現原來做一個國家的國王是這麼辛苦的一件事情。就這樣，他又一點一點瘦了下去。而莫樂多呢，雖然成了一個圓圓的氣球，但也覺得每天飄在天空非常的無聊。於是，降落到地面後逐漸做各種運動，也開始瘦了下去。就這樣，沒有多久他們又恢復了原形。

貝拉召見了皇宮裡的所有大臣，告訴他們：「大家聽著，我決定不再繼續做這個國家的國王了。」大臣們說：「這可不行，你得做滿仕期！」貝拉和莫樂多想想也對，於是他們兩個決定：在貝拉做國王的期間多做對老百姓有利的好事。為此貝拉頒佈了許多法令，把王國的財富都接濟了這個國家的窮人，還蓋了許多學校。就這樣，不知不覺一年的時間到了，王國又選出了新的胖子國王，他們也獲得了自由的身份，於是，決定繼續他們的旅行。在臨走的那一天，從四面八方湧來了許多老百姓。大家都誇獎貝拉作為國王這一年出色的工作，大家依依不捨的送他們到了城門口，貝拉和莫樂多揮手和大家告別。

在路上，貝拉看了看莫樂多，忽然大笑起來，說：「哈，這真是有趣的經歷，我居然做了一回胖子國王！」莫樂多也開心的笑了，他說：「哈，我呢，做了一回圓圓的氣球！」

在笑聲中他們兩個向著遠方又出發了！

# 大蜻蜓飛機

貝拉和莫樂多一邊欣賞著路邊美麗的風景，一邊唱著歡樂的歌曲。貝拉已經學會了莫樂多的〈矮人之歌〉，他們愉快的打著拍子，向遠方走去。到了晚上，他們就選擇一棵大樹，在上面看著月亮，沉沉的滑入夢鄉。就這樣，他們走了三天三夜。這一天，他們來到了一片美麗的森林。貝拉一看到森林就開心的說：「哈，我就是在森林裡長大的，這裡好親切啊！」

這時，一隻白色的兔子匆匆從他們前面跑過，一邊跑還一邊大聲的

叫著：「快，快，可不要趕不上了！」莫樂多好奇的問：「請問兔子先生，什麼趕不上了？」兔子停了一下，還是大聲的叫道：「快跟上來吧，我可沒時間和你們聊天！」貝拉和莫樂多覺得更加好奇了。這時一隻綠色的大青蛙也一蹦一跳的經過他們的身邊，嘴裡咕噥著：「沒有時間了，可不能遲到啊！」接著，一隻乳牛、一隻綿羊還有一群鴨子陸續從他們的身邊匆匆而過，大家的步伐匆匆，直奔一個地方去！

貝拉對莫樂多說：「我們也趕過去看看熱鬧吧，誰知道他們在做什麼呢！」莫樂多也說：「好呀，我也好奇哩！」於是他們快步跟在隊伍的後面，過了一會兒，他們發現遠處有一隻巨大的蜻蜓停在草地上，大家分明是向這隻大蜻蜓奔去的！他們看到動物們一隻隻跳上了蜻蜓的肚子裏，這時大白兔對著他們說：「快點上來，這裡還有兩個位置，快上來，要起飛啦！」於是，貝拉和莫樂多也跳進了蜻蜓的肚子，這樣蜻蜓肚子裏的位置就坐滿了。接著，他們聽到蜻蜓說：「那麼，請大家坐好了，我可起飛啦！」大家齊聲回答：「我們都準備好啦！」蜻蜓揮動翅膀，速度越來越快，一下子就飛了起來。

貝拉看到森林在腳下慢慢的變小了，一片雲彩穿過他們，飄向遠方。莫樂多驚奇的說道：「哇，好高啊，我從來沒有從這麼高的地方看過世界呢！」忽然蜻蜓停在了一個高度，對著肚子裏的動物們說道：「那麼，各位請跳傘吧！」貝拉和莫樂多一聽驚出一身冷汗，這時他們才發現原來動物們身上都揹著一個降落傘，他們兩個懵懵懂懂跟上來，結果什麼都沒有帶！這下可糟啦！

這時身邊的一隻鴨子對他們說：「森林裡正在進行跳傘訓練，剛才

我們以為你們也是跳傘隊的成員呢！你們沒有降落傘，那只能借一下乳牛先生的大雨傘了。」乳牛說：「很高興能借給你們，我確實帶了一把大雨傘，你們看！」乳牛拿出了大雨傘，然後，他們一個個從蜻蜓的背上跳下，在空中打開降落傘就像一朵朵盛開的花朵！最後，輪到貝拉和莫樂多了，他們撐開大雨傘，兩個人緊緊的抱在一起，也從蜻蜓的肚子裏跳了下來。

他們在空中搖搖晃晃的往下降落，這時一陣大風吹來，把他們吹到了一隻大象的鼻孔裡面，大象鼻子一癢，「阿嚏！」打了個大大的噴嚏，把他們兩個射了出來。他們在空中劃了個漂亮的曲線，向遠處的草地摔去。這時，一隻老得戴假牙的大灰狼正在欺負一隻可憐的綿羊，結果他們兩個「嘭！」「嘭！」先後撞到了大灰狼的屁股上，大灰狼一個踉蹌，嘴裡的假牙一下子噴了出來。大灰狼沒有了假牙，嘴巴癟得像個老太太，樣子滑稽極了！小綿羊一看大灰狼的樣子，「噗哧」一下子「咩咩」的笑了起來！

動物們趕過來抓住了沒有假牙的大灰狼，大家七手八腳把他捆了起來。大白兔提議：「這個傢伙老是欺負我們，我們每個人都來踢一下他的屁股，怎麼樣？」這個提議得到了大家的擁護，於是，動物們排著隊，一個個摩拳擦掌準備出口惡氣！這時，貝拉對大家說：「我想算了吧，雖然在我居住森林裡的大灰狼也不是什麼好東西，但你看他是一隻沒有牙齒的老狼，如果他願意認錯的話，我們就放了他吧！」大家想想也對，於是對大灰狼說：「那麼，你知道自己錯了嗎？」大灰狼垂頭喪氣的說：「我知道錯了，以後我儘量吃點蔬菜和水果。其實我的牙齒掉光了，也吃不下肉了！」

於是大家一片歡呼，他們放了大灰狼。沒有牙齒的大灰狼只能一瘸一瘸的向後山走去。

森林裡又恢復了快樂的氣氛，動物們邀請貝拉和莫樂多參加他們在森林裡舉行的營火晚會。在晚會上貝拉給大家介紹了他們旅途上的奇妙經歷。大家都非常羨慕他們，覺得他們的經歷非常有傳奇色彩。第二天天亮時，貝拉和莫樂多和森林裡的動物們告別，繼續出發了。

# 十八個大鬍子海盜

走了很久，貝拉與莫樂多突然發現前方慢慢出現了一片藍色的大海。金黃色的沙灘上有一些螃蟹在爬來爬去。

這時，他們看到在海邊的碼頭邊停靠著一艘大大的輪船，輪船上的桅杆上有一面綠色的旗幟，旗幟上畫著一個大鬍子的腦袋！

貝拉對莫樂多說：「你看，這裡有一艘大船，船裡一定有人吧！」

莫樂多也說：「是啊，我們上船去拜訪一下，駕著船在大海裡旅行一定是非常美妙的事情呢！」於是他們兩個人就走上了輪船的扶梯，進入了

大船。進去後他們好奇的東張西望，從輪船的這邊走到那邊，從那邊又走到這邊，一邊走一邊張望。他們大聲的問著：「有人嗎？請問有人嗎？」可是就是沒有人回答他們，輪船空蕩蕩的。他們發現這是一條沒有人的輪船。就在這時，輪船「咕隆隆」動了起來，接著慢慢的向大海開了起來！哇，沒有人的輪船居然自己開了。貝拉和莫樂多慌了起來，他們一看輪船已經駛離了岸邊──「這是要去哪兒呢？」

就這樣，無人駕駛的輪船在大海裡開啊開，前方出現了一個小島，小島上長著許多椰子樹。貝拉和莫樂多站在輪船上的甲板上，他們看到小島上好像站了一群人──「他們是誰呢？」

輪船終於到達了小島。這會兒他們看清楚了，這群人腦袋大大的，戴著同樣款式的尖頂帽子。最有趣的是，他們都長著一個樣的大鬍子。

貝拉數了數，一共有十六個人。他們氣勢洶洶的看著貝拉和莫樂多。莫樂多說：「這一定是傳說中的海盜，一定是的！」船到了岸邊，他們從船上下來，發現一個大鬍子海盜手裡拿著一個黑色的遙控器。原來，他們乘坐的無人輪船居然是一艘遙控輪船，怪不得會神秘的自動駕駛！

海盜們問道：「你們好啊，居然敢坐我們大名鼎鼎的十八大盜的遙控輪船。這回，你們糟糕啦，因為我們是非常厲害的海盜！」貝拉摸了摸鼻子，緊張的問道：「你、你們不是十六個人嗎？怎麼說十八個？」一個海盜回答道：「哦，還有兩個送貨去了！」「送貨？送什麼貨？」海盜說：「這個島嶼的名字叫金銀島，島嶼裡埋藏著許多的金銀財寶，我們裝滿一船，運到碼頭，我們的夥伴把財寶裝在馬車上，送到我們的秘密倉庫！」

「哦，原來是這樣！」莫樂多覺得很好玩，問道：「那麼，請問這些金銀珠寶都是你們搶來的嗎？」一個海盜說：「其實，雖然我們打扮成海盜的樣子，但我們卻從來不搶劫。這個大海裡有許多島嶼，島嶼上都埋藏著好多好多年前老海盜們搶來的寶貝，我們的工作就是找到這些寶貝，把它們運到岸邊，送給需要幫助的窮人！」

貝拉和莫樂多一下子覺得眼前的海盜們偉大了起來。貝拉非常誠懇的說：「請問，我們能不能也加入你們的隊伍，一起去大海裡尋找寶貝？」海盜們齊聲說：「當然，非常歡迎你們！」就這樣，貝拉和莫樂多加入了海盜的隊伍，他們也戴起了尖尖的帽子，當然，也留起了大大的鬍子，樣子真是滑稽極了！他們和十八個海盜一起組成了縱橫大海的二十海盜大隊，發現了一個又一個神秘島嶼裡的秘密寶藏，然後運回岸

上，在夜晚時悄悄的將這些財寶送給窮人們。

貝拉覺得做海盜的日子過得非常開心也很有意義，莫樂多也一樣，每天笑嘻嘻的，他也喜歡在大海裡航行！

就這樣，他們過了一段快樂的日子。雖然如此，貝拉和莫樂多最後還是決定完成他們原本的計畫——繼續他們探險世界的旅行！於是他們告別了十八大盜，剃掉了象徵海盜的大鬍子，繼續向著遠方出發了！

# 兩個假貨

這回，貝拉和莫樂多決定一直向著太陽升起的地方走去。他們一點都不擔心迷路，因為他們的目的地就是「遠方」！

他們走啊走，這時忽然發現前方傳來了說話的聲音，過了一會兒他們發現了一件非常神奇的事情：前面居然走來了兩個和他們一模一樣的傢伙！一個長得像極了貝拉，另一個和莫樂多也毫無區別！

真是奇怪的事情，這兩個傢伙你一言我一語，熱烈的聊著，居然沒有發現和他們擦身而過的真貝拉和莫樂多。莫樂多問貝拉：「拉拉，你發現了嗎？」貝拉說：「是啊，我發現了，兩個和我們一模一樣的傢伙！」貝拉疑惑的問道：「問題是，他們和我們一模一樣，那難道我們是假的嗎？」莫樂多一聽著急了，說道：「我敢保證我們一直是真的！」貝拉說：「既然這樣，那問題就很明顯了，他們兩個傢伙一定是假的！」於是他們決定悄悄的跟蹤兩個傢伙，看看他們到底要做什麼！

他們悄悄的跟在兩個人的身後，保持著一定距離，但即使這樣，他們走路的聲音還是引起了兩個「假人」的注意。他們回頭警覺的看了一下。這時貝拉和莫樂多趕快躲到了一棵樹後面。兩個假人又往前走去，他們也跟著往前走，這時兩個假人忽然回頭，貝拉和莫樂多一下子沒有了可以躲藏的大樹，他們連忙彎下腰，把自己的腦袋藏到了大腿之間。

「假人」仔細打量了兩個人，他們於是開始交談起來：「你看，奇不奇

怪，這裡有兩個沒有腦袋的傢伙！」另一個聲音說道：「是啊，不過我們可管不了。」

於是他們繼續趕路，貝拉和莫樂多沒有被發現，跟著來到了一個山洞前，兩個假人走進了山洞，他們也跟著走了進去。他們發現這個山洞的裡面是一個房間，裡面有一張床和一張桌子，貝拉和莫樂多就躲在山洞的角落，這樣他們能聽到裡面的人交談的聲音。

這時，他們看到「假貝拉」說話了：「嗨！今天的收穫真不錯，我吃得好飽啊！」「假莫樂多」說道：「是啊，我們想到的這一招還真管用！以前要搞點吃的，總是偷偷摸摸，現在不用啦，我們成了貴賓，混吃混喝可容易啦！」「假貝拉」說：「只是有一點不好，這個假皮穿在身上好不舒服啊！」「假莫樂多」說：「是啊，那我們趕快脫了，都回到窩裡了，還偽裝什麼呀！」只見他們兩個開始脫下身上的假皮，原來他們是兩隻一黑一白的大老鼠，兩個傢伙居然偽裝成貝拉和莫樂多的樣子出去招搖撞騙！

只是，貝拉和莫樂多有一點實在搞不懂：「為什麼他們要偽裝成我們的樣子呢？」於是貝拉和莫樂多悄悄的離開山洞，來到一片草地上，挨躺在一起看著天空商量起來。莫樂多說：「真搞不懂，幹嘛要偽裝成我們的樣子？」貝拉好像一直在思考問題，忽然說：「有了，我們也來學學他們，我有一個計畫！」

第二天，兩隻老鼠又偽裝成貝拉和莫樂多的樣子，走出山洞，準備出發了。這時，路邊的草叢裡忽然跳出一隻大花貓，花貓瞪著一雙威嚴的眼睛，「喵」一聲大叫，衝著他們兩個假人撲了過來。偽裝的老鼠一下子嚇暈了，他們本能的回頭逃竄。就在這時，後面也跳出一隻大黑貓，「喵」一聲大叫。兩隻大貓前後夾擊，把兩個冒牌的傢伙逼到了死角。兩隻老鼠腿打哆嗦，聲音也顫抖起來，他們發出了可憐的哀求聲！

這時，兩隻花貓哈哈大笑起來，兩隻老鼠一下子覺得非常好奇，他們害怕的打量著兩隻雄赳赳、氣昂昂的貓大爺。只見兩位貓大爺站了起來，他們居然脫下了貓的外衣，貝拉和莫樂多露出了腦袋來。「哈哈！你們也會害怕啊！」莫樂多說。兩隻老鼠一看是真的貝拉和莫樂多一下子洩了氣，說：「被你們發現啦！」

貝拉問這兩隻老鼠：「你們為什麼要偽裝成我們的樣子，居心何在啊？」兩隻老鼠這時也脫下了身上的偽裝。那隻白色的老鼠垂頭喪氣的說：「是這樣的，這裡的居民非常崇拜你們，說你們把海盜的金銀財寶分給所有需要被幫助的窮人，把二位看作英雄！」那隻黑老鼠也說話了：「是啊，他們還畫了兩位的畫像，貼在家裡，說這樣可以帶來吉祥和平安呢！我們發現這件事情後，就決定偽裝成你們的樣子。這樣，我們就可以到村民家混吃混喝，還得到了大家的熱情招待！」白老鼠也說：「是啊，要知道我們以前要出來搞點吃的，可不容易啦，到處被人喊打，得不到應有的尊重！」

貝拉一聽，生氣的說：「這是因為你們從來都是採用不正當的手段來獲得食物，你們有手有腳，如果靠誠實的勞動來生活就不會得不到尊重的！」白老鼠和黑老鼠一聽，覺得很有道理。黑老鼠說：「怎麼以前都沒有人告訴我們這個道理呢？對啊，我們也可以自己勞動來生活，說不定還會生活得更好呢！」

貝拉和莫樂多商量了一下，決定原諒他們兩個。貝拉提議說：「我給你們介紹一份工作吧，你們去找海邊的十八海盜，他們在做著非常有意義的事情。你們去做他們的幫手，這樣就會得到所有人的尊重，說不定以後你們還會成為傳說中的大英雄呢！」兩隻老鼠非常高興的點著頭答應了。莫樂多說：「我們給海盜朋友寫封推薦信吧！」於是，貝拉和莫樂多就起草寫了份推薦信，交給兩隻老鼠。兩隻老鼠非常感激他們，接過信和他們告別了。

貝拉和莫樂多繼續出發了。在路上，莫樂多對貝拉說：「從這個事情上我明白了一個道理，那就是：只有靠真本事誠實的生活才能得到別人的尊重！」貝拉同意道：「是啊，如果有真本事還願意幫助別人，那一定會得到所有人的歡迎！如果一路上都能這樣做，我們一定會成為世界上朋友最多的人！」莫樂多快樂的點點頭說道：「嗯，在未來的旅行中，一定還會有更有趣的故事發生呢！」

# 臭襪子大賽

貝拉和莫樂多說說笑笑一路走去。走了幾天後，他們來到一個小鎮，小鎮上有一個綠色的老郵筒。就在這時，貝拉看到街道的轉彎處有一隻黑色的襪子在前面走著。只見這隻襪子走走停停，來到郵筒的前面，回頭看看有沒有人注意他。他沒有發現在街道的拐角偷偷觀察的貝拉和莫樂多，於是襪子加快速度，一溜煙爬上了郵筒，從郵筒的投遞口鑽了進去。貝拉剛想發出驚奇的疑問，這時莫樂多朝他做了個手勢，「噓！」一聲說：「還有呢！」他們看到一群襪子長著腳紛紛從街道的

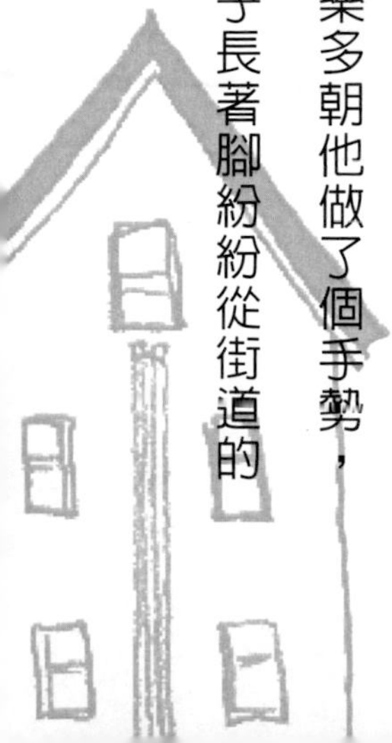

另一邊快速的跑過來，鑽進了郵筒的塞信口裡。

貝拉和莫樂多覺得非常好奇。貝拉說：「哈，真有趣，一群襪子在行動！」莫樂多說：「是啊，而且是一大群，我看到有白襪子、黑襪子，還有各種花襪子呢！」

貝拉對莫樂多說：「咱們跟進去看看，一定有什麼有趣的事情發生呢！」莫樂多使勁點了點頭說：「同意！」於是他們兩個人悄悄的挨近郵筒。這時他們發現郵筒的門關著，這是一個老式的郵筒，翠綠的油漆已經有一點斑駁了，取信口只有窄窄的一條縫，他們兩個實在進不去。

這時，他們身後響起了汽車的引擎聲，一輛綠色的郵車緩緩開了過來，貝拉和莫樂多轉到了郵筒的另一邊，藏了起來。郵車來到郵筒前停了下來，一個戴著綠色帽子的郵差從車裡走了出來。

郵差唱著歡快的小調，拿出鑰匙打開郵筒的門，取出了裡面的信。就在郵差轉身放信的時候，貝拉和莫樂多一下子鑽進了郵筒裡面。

「嘭！」郵筒的門關上了，他們沒有被發現，但貝拉和莫樂多緊張的毛孔都豎了起來！他們在黑暗的郵筒裡摸來摸去，貝拉摸到了莫樂多的鼻子，莫樂多摸到了貝拉的嘴巴，他們兩個「噗哧」笑了起來。他們又接著在黑暗中探索起來，他們發現郵筒是鐵皮做的。貝拉說：「看來那群襪子一定是鑽到下面去了，我保證下面有個秘密通道！」莫樂多說：「那我們摸摸看！」結果，他們果然發現下面有一個小螺絲，擰開螺絲，下面出現一個洞，兩個人一下子滑進了洞裡，接著蓋子彈起來，又蓋住了這個小洞。

他們兩個滑進了一條黑暗的通道，過了一會兒，兩人「噗通」一聲重重的摔到了洞裡面。站起來後，貝拉和莫樂多發現他們站在一個密室裡，前方還有另一個通道，於是兩個人朝著通道的前方走去。通道彎彎曲曲，前方有一點點光亮，就在這時他們聽到前面傳來說話的聲音。原來密道的盡頭有一個富麗堂皇的大房間，在房間的外面有一扇門，他們從門縫裡望進去，發現裡面出現了一幅令人驚奇的畫面！

一張長長的桌子擺在房間的中央，兩邊坐滿了各種顏色的襪子，桌子的中間坐著一隻黑襪子正在發表「演說」！黑襪子說：「各位，歡迎大家來到我們的襪子秘密王國，大家匆忙趕來，辛苦啦！」黑襪子清了清嗓子繼續說道：「我知道大家平時都很忙，畢竟作為襪子誰不忙呢？哈哈！」黑襪子大笑起來，他發現大家都沒笑，尷尬的繼續說道：「這次召集大家來，主要是參加我們襪子王國『年度之星』的比賽。要知道，獲得了年度襪子之星就可以獲得去鞋子國五日遊的獎勵。鞋子國可是大國，風景如畫，好玩的地方多著呢！」襪子們一聽，大家情緒都很高漲。

黑襪子說道：「好了，下面有請我們襪子國德高望重的長者花襪子爺爺出場，他是本屆大賽的指定評委，大家掌聲歡迎！」於是房間裡傳來了熱烈的掌聲，在掌聲中一隻發黃的花襪子顫顫巍巍的拄著拐杖走了出來。大家起立向這位「長者」致敬。黑襪子說道：「各位，你們知道嗎？我們德高望重的蘇西長老可是見多識廣。他曾經跟著市長去過城市的每一個角落。市長的皮鞋你們知道嗎？哈利爵士可是蘇西長老的好朋友！這次的襪子之星選舉得到了哈利爵士的大力支持和友情贊助，這可是我們襪子王國的榮幸啊！」

說到這裡，黑襪子又清了清嗓子，說道：「好了，我們比賽就正式開始啦！蘇西長老是我們這次大賽的指定唯一評委，你們排著隊，讓他聞一聞你們身上的味道，只有最臭的襪子才能成為了不起的年度襪子之星！」蘇西長老歪著腦袋，似乎是年紀太大了，眼睛也是半睜半閉的。他強打起精神，沙啞的說道：「我作為跟隨前市長莫多先生多年的襪子，明白一個真理，那就是大人物的腳都是臭的。自從我退休以後，也走過很多的地方，很少聞到比我們偉大的市長的腳更臭的味道。如果沒有臭襪子出現，我們將會淪為一個平庸的王國，所以我們要舉辦這樣一屆大賽，選出襪子之星是為了給大家做個榜樣，振興我們襪子王國往日的輝煌！」說完後，蘇西老先生氣喘吁吁，臉色通紅，看得出他的年紀確實是挺大的！

於是襪子們一個個排好隊，輪流讓蘇西聞。蘇西長老聞了一個，說：「不臭不臭，下一個！」又聞了一個說道：「不臭不臭！」就這樣一連十幾隻襪子被淘汰下去，襪子們垂頭喪氣的坐回自己的位置，看得出他們非常失望！這時在門口偷看的貝拉和莫樂多看在眼裡，兩個人強忍著笑。莫樂多輕聲的說：「哈，其實我是我們小矮人村腳最臭的人，我的襪子一定比他們的都臭，只是我可不是什麼大人物，我們村長說只有不洗腳的大懶漢才會臭腳丫呢！哈哈！」

莫樂多越說越得意，結果笑聲傳進了門縫，襪子們發現了在門外的貝拉和莫樂多。大門打開後，一群襪子衝了出來，他們團團圍住兩人。貝拉和莫樂多看著氣勢洶洶的襪子們，嘻笑的連忙說：「誤會、誤會，我們是來參加貴國的年度臭襪子之星比賽的。」襪子們一聽，都笑了，這時黑襪子撥開人群，對著他們兩個說道：「既然是來比賽的，那麼你們的襪子呢？」貝拉是從來不穿鞋子的，當然也沒有穿襪子。小矮人莫樂多脫下自己的襪子，說：「你看，這就是我的參賽選手！」「哈！」「哈！」大家看著小矮人的襪子，發出哄堂大笑——原來莫樂多的襪子又長又細，很有趣。

蘇西長老顫巍巍的拄著拐杖走了過來，他彎下腰，聞了聞莫樂多的襪子，一下子臉紅到了脖子根，呼吸急促，暈了過去。大家趕快去攙扶蘇西長老，長老張開眼睛，歇斯底里的大聲喊道：「臭，真臭，從來沒有聞過這麼臭的味道，了不起啊！」說完後又暈了過去。於是襪子們七手八腳的把長老攙扶過去，襪子們用充滿羨慕和崇敬的眼神望向莫樂多。

莫樂多既尷尬又高興，他紅著臉說：「真不好意思，我的腳確實挺臭的，大家湊合著聞，哈哈！」貝拉說：「哈，莫樂多，這次你可是年度之星啦！」

黑襪子示意大家不要喧嘩，接著莊嚴的說：「我宣布，年度襪子之星選出來啦，他能夠直接臭暈我們德高望重的蘇西長老，功夫了得，人才啊！」

莫樂多和貝拉於是作為襪子國的貴賓在襪子國得到了熱情的招待。莫樂多一高興脫下了自己的另一隻襪子也贈送給了襪子國，並且交代自己的臭襪子以後要在襪子國好好表現，不要因為有一點點成績就驕傲自滿，還要再接再厲，徹底臭暈所有人。

幾天之後，莫樂多和貝拉準備告別襪子國繼續出發了。臨走時，黑襪子帶領襪子國的官員們來送行，他們把貝拉和莫樂多送到王國的另一個秘密出口，大家揮手正要和他們告別，這時後面傳來了一個沙啞的聲音：「等一等！」人群向兩邊散開，只見蘇西長老拄著拐杖一瘸一瘸的走過來。他來到莫樂多的前面，不好意思的說：「在告別前，我想請求這位了不起的英雄一件事！」莫樂多擠擠眼，不好意思的說：「老人家您請說！」

蘇西長老說：「我有一對小孫子，從來沒有見過世面，我想把他們託給您，請您帶著他們出去見見世面，可以嗎？」莫樂多為難的說：「這樣啊，行是行，但我可不是什麼英雄，我答應就是啦！」於是蘇西長老身後走出一雙白色的襪子，莫樂多一看就哈哈大笑起來，他對蘇西長老說：「這麼乾淨的襪子，我穿了可會變得又髒又臭，到時候我給您帶回兩隻世上最臭的襪子您可不要怪我啊！」蘇西長老開心的說：「這樣最好，這樣最好！呵呵！我們襪子王國振興有望啦！」於是莫樂多笑嘻嘻穿上了潔白的襪子，再穿上了大大的矮人鞋！

貝拉和莫樂多和大家揮手再見，他們離開秘密出口向遠方出發了！

# 勝利大逃亡

貝拉和莫樂多這一天來到一個城市的郊外，一條小路彎彎曲曲延伸到一間僻靜的老工廠。看得出這個老工廠已經荒廢很久，大大的煙囪孤零零的聳立在廠房的上方，彷彿悠閒的水手站在輪船的甲板上眺望遠方的風景。

貝拉對莫樂多說：「多多，你看，一個大工廠！好像沒有人呀！」

莫樂多說：「是啊，一定廢棄很久了吧！咱們進去溜達一下如何？我可從來沒有走進過一個沒有人的老工廠呢！」貝拉表示贊同，於是他們來

到工廠的大門前，看裡面的門鎖著，就翻牆爬了進去。

他們往裡面走去，發現老廠房的後面有一片空地，以前這裡一定是堆材料的地方。遠遠的，他們看到空地那裡什麼東西一閃一閃散發著幽藍的光芒。「一架飛碟！」貝拉興奮的大叫起來，莫樂多趕緊用手捂住了貝拉的嘴巴，示意他不要大叫。他們悄悄的潛伏到更近的地方，一堵牆正好將他們掩護起來。這時只見前方確實有一架帽子一樣的飛碟停在空地上。飛碟表面銀光閃閃，非常精神，這可不是什麼回收的機器，這是一架嶄新的飛碟！就在這時，飛碟上一扇門打開了，從飛碟裡下來兩個長著土豆（馬鈴薯）腦袋的外星人，他們的腦袋很大，長得真的像個「土豆」！身體很小，眼睛像兩個發光的燈泡，一亮一亮，發出「滴滴嘟嘟」的電子音。

兩個「土豆機器人」下來後，接著從飛碟裡降下來一輛彷彿裝貨用的工具車。奇怪的是工具車的下面居然沒有輪子，在距離地面拳頭寬的高度懸浮著。「土豆」們爬上小車，向著附近一個標有「三號倉庫」的地方開去，不一會兒就進了倉庫。貝拉和莫樂多覺得非常奇怪——這兩個「土豆」鬼鬼祟祟究竟在做什麼呢？

他們決定悄悄的跟過去看一下。於是他們來到三號倉庫的外面，從一個窗戶的破玻璃洞裡張望進去。就在這時，他們發現一個秘密！三號倉庫裡面非常大，擺滿了大大小小的箱子，都被整整齊齊的封好。「土豆外星人」正在把箱子一個一個裝上車。

過了一會兒，車子裝滿了，土豆機器人駕駛著車子離開了倉庫。貝拉和莫樂多從窗戶裡爬了進來。他們快步來到箱子前。貝拉打開一個箱子，發現裡面有一隻鴨子在發抖。貝拉問：「你怎麼在箱子裡，你被綁架啦？」箱子裡的鴨子戰戰兢兢的回答道：「我們確實是被綁架啦，這些外星人要把我們運到他們的星球，他們已經運了好幾飛碟了，趕快救我們出去！」

貝拉和莫樂多一聽，非常同情大家的遭遇，他轉了轉眼珠，計上心來。

過了一會兒，兩個土豆外星人又開著車進來，他們繼續將箱子裝上車。就這樣，來來回回，總算是把所有的箱子都裝了上去。他們關上飛碟的門，飛碟開始發出各種閃爍的燈光，一下子騰空而起，像一顆流星，瞬間消失在天際！速度好快！

也不知道過了多久，飛碟降落到一個銀色的星球。這個星球所有建築都像一個個造型別緻的霜淇淋。飛碟來到一個巨大的基地緩緩降落，這個基地裡停著許許多多的飛行器，有小的，也有大的。飛碟的門打開後，「土豆們」有秩序的將所有的箱子裝在一輛等候的大車上，車子就開了起來。

車子來到附近一個地方，一個個箱子被卸了下來，幾個新來的土豆人將箱子逐一打開，裡面依次出現了獅子、老虎、長頸鹿、熊貓、刺蝟等等動物。貝拉和莫樂多還有鴨子趁著沒有人發現，悄悄的從箱子裡爬了出來，溜到附近躲了起來。

鴨子說：「這裡是外星球，外星人在搞一個地球動物研究中心，他們秘密綁架地球上的動物，一個種類抓一隻，這些傢伙為了自己的利益手段可夠辣的！」鴨子憤憤不平的說著。莫樂多說：「我們得想辦法救出大家回到地球，我可不想一輩子留在這裡吃霜淇淋過日子！」貝拉笑了笑說：「哈哈，你不是最愛吃零食嗎？」莫樂多吐了吐舌頭說：「那是偶爾吃吃，天天當飯吃可受不了！」

鴨子說：「其實從這個星球的建築上可以看出來，這個星球的文明很多是受到地球的啓發！」貝拉敬佩的看著鴨子說：「嘿，你這隻鴨子知道的可不少啊！」鴨子得意的說：「見笑啦，我叫卡莫，我平時最喜歡研究外星人啦，不過沒想到這回成了外星人的俘虜了！哈，謝謝你們救了我！」

貝拉說：「你太客氣啦，天下動物是一家嘛！我們得想個辦法，把大家都救出來！」莫樂多糾正道：「應該說是天下動物和矮人是一家！」「哈哈！」三個人都開心的笑了起來。

鴨子卡莫說：「我以前看了一本書，裡面說外星人的機器都非常好操縱，有些是語音輸入，有些是圖形操作。我們要救出大家，必須要搞到最大的那架飛船。」卡莫指了指前方一閃一閃的大飛船。飛船果然很大，貝拉說：「這樣，我們兵分兩路，你和莫樂多去偷飛船，我去前面營救動物。」於是他們分頭行動，卡莫和莫樂多悄悄的向飛船潛伏過去。貝拉溜到了研究中心，他看到動物們被一隻隻單獨關在各個籠子裡，大的動物關大籠子，小的動物關小籠子，像個寵物商店！

貝拉來到一個籠子前，朝裡面的狐狸做了個「不要說話」的手勢。他看到控制門的開關果然是圖形控制的，他按了下代表「開」的按鈕，門就開了。於是他和小狐狸分頭去開啓所有的籠子，並且提醒動物們不要喧嘩。大家都非常配合，整個碩大的研究中心裡密密麻麻擠滿了動物，一雙雙眼睛警惕而又興奮的眨著。這時卡莫和莫樂多已經成功的搞到了最大的飛碟。在飛碟裡，卡莫開始操縱飛船，飛船緩緩的向著研究中心滑來，到了前面停了下來，一扇大門打開，一個梯子降了下來。貝拉一看，大喊一聲：「大家快上飛船！」動物們爭先恐後的朝飛船跑去，成群躍上飛船的大門。

喧嘩聲終於引起了外星人的注意，整個基地一下子燈光大亮，一群身穿制服的「土豆」們快步向飛船跑來，動物們繼續勝利大逃亡！貝拉也一躍跳上了飛船的大門裡面，大門正緩緩的關上。

這時貝拉回頭看到一隻烏龜正在吃力的向飛船爬來，但烏龜的速度太慢了，後面能看到一群土豆外星人在遠處朝這裡追趕！就在大門快要完全關閉的時候，貝拉一躍從飛船的門縫裡鑽了出來，他向烏龜跑去。

眼看外星人部隊離他們只有三十米了，貝拉一把抓住了烏龜，回頭朝飛船跑去。動物們透過飛船的玻璃窗戶在為貝拉加油鼓勁，這時卡莫啓動了起飛裝置，飛船開始發出「轟隆隆」的振動聲響，逐漸離開地面。後面，外星人已經趕上了貝拉，一個外星人一把抱住了貝拉，貝拉順勢一把將烏龜扔進了飛船。

這時，貝拉看到動物們一個連著一個，組成一條「繩子」，最後是大象，他伸出鼻子對著貝拉大叫：「快，抱住我的鼻子！」貝拉朝前一撲抱住了大象的鼻子，回頭狠狠的蹬了「土豆」一腿，「土豆」一個踉蹌，朝後摔去，飛船一下子徹底脫離地面朝上空飛去。動物們你拉我我拉你，大家都進了大門，大門緩緩關上。接著，「嗖！」一聲巨響，飛船幻化成一道閃電，消失在空中。卡莫在駕駛室按下了目的地「地球」的按鈕，這時飛船上頓時傳來了潮水般的歡呼聲！大家得救了！

大家抬起貝拉、莫樂多還有卡莫，興奮的慶祝著。世界上所有的動物在這一天真正經歷了患難與共的一刻！

最後，鴨子卡莫選擇了一個無人的荒野緩緩降落了。大門打開後，動物們一個個從飛船上下來。大家非常感謝貝拉和莫樂多的營救，卡莫代表大家希望貝拉和莫樂多能留下來一起建設新生的「動物之家」。但經過考慮，貝拉和莫樂多還是決定繼續他們的旅行，因為他們相信前方一定還會有更加精彩的故事等待著他們。

於是，幾個動物合力打造了一條小船，大家送貝拉和莫樂多上了船，在大家的揮手中，兩位小傢伙再一次踏上了未知的旅程。

# 紅豆國的公主和綠豆國的王子

貝拉和莫樂多划著船經過一條長長的河流，停靠在不知名的岸邊。他們上了岸，繼續他們的旅行。

他們走啊走，這一天，來到了一個小鎮。這個小鎮上的房子，每間都非常漂亮。在小鎮的一條繁華街道上，他們看到有一個奇怪名稱的小店——「公主與王子奶茶店」。小店確實很小，但生意非常興隆，居民們排著隊來買奶茶喝。

莫樂多一看就嘴饞了，他對貝拉說：「拉拉，你看，這個小店裡的奶茶一定非常美味，否則怎麼會有這麼多居民排隊來買呢？」貝拉也發現了，他說：「而且這個店的名字非常有意思，你看，叫做『公主與王子奶茶店』，難道是真正的公主和王子經營的？哈哈！」莫樂多也大笑起來，他說：「哈，公主和王子開奶茶店，可真新鮮！我猜是為了生意更好一點，故意取個誇張的名字吧！」貝拉也覺得莫樂多分析得不錯，點點頭，提議道：「怎麼樣，我的嗓子可是冒煙啦，要不要進去喝一杯公主與王子親手做的奶茶呀？」莫樂多拚命點頭，表示贊同。於是，他們也排起了隊。

一會兒，輪到他們進去了，貝拉和莫樂多走進了小店。他們發現這個小店確實不夠大，但是非常整潔，裡面一個美麗的少女忙著招呼客人；一個英俊的小夥子正在給客人調製奶茶。貝拉和莫樂多各要了一杯奶茶，美美的喝了一口。「哇！」莫樂多誇張的大喊一聲：「從來沒有喝過這麼鮮美的奶茶！真好喝！」貝拉看莫樂多這麼誇張，就笑道：「哈，看你誇張的，我來喝一口！」貝拉仰起頭，「咕咚」喝了一口奶茶。「啊！」表情比莫樂多還要誇張的說：「好、好好喝！」貝拉舔了舔嘴巴周圍殘留的奶茶，眼珠子滴溜溜的轉了起碼五圈，才勉強穩住表情，由衷讚歎道：「真美味呀！了不起的奶茶！」他的讚美換來了店裡其他顧客的哈哈大笑，這是一個令人愉快的小店！

貝拉和莫樂多走出小店後，繼續往前走。他們一路上都在熱烈的討論著小店裡美味的奶茶，不知不覺就來到了一個山岡上。他們放眼望去，嚇了一大跳！原來，山岡下是一片遼闊的草地，這一刻，草地的一邊整齊的羅列著一支紅色的軍隊；在草地的另一端，一支綠色的軍隊同樣嚴陣以待！氣氛非常凝重，一場大戰眼看就要爆發！貝拉和莫樂多從來沒有見過真正的戰爭，他們被眼前的陣勢給嚇呆了！

這時，他們看到，前方紅色軍隊一個旗手一揮戰旗，整齊的軍隊喊著統一的口號氣勢洶洶的殺向綠色軍隊；綠色軍隊也不示弱，雙方開始向著對方進軍了！

可就在這時，天空忽然烏雲密佈，電閃雷鳴。雙方的號令手好像吹起了收兵的軍號，雙方軍隊又向各自陣營撤退。貝拉猜測：「一定是忽然的天氣變化，讓雙方暫停了廝殺！」莫樂多說：「戰爭是世界上最愚蠢的解決方式！我們村長說，世界上大部分的戰爭都是因為很小的誤會引起的。很多不相干的人莫名其妙的丟了生命！」貝拉非常贊同的說：

「我覺得村長的話說得非常有道理。既然是這樣，我們如果找到戰爭的原因，解開你說的誤會，不是可以拯救很多無辜的生命嗎？」莫樂多贊同道：「嗯，如果能避免戰爭，那將是多麼了不起的事情！」

他們兩個正聊著呢，這時從山坡的下面來了一個穿著紅顏色軍裝的士兵，士兵一邊走，一邊自言自語：「總算逃出來啦，我可不想糊裡糊塗的送命！」他沒有發現藏在野草後面的貝拉和莫樂多。貝拉和莫樂多忽然鑽出草地，兩個人圍住了這個士兵，士兵嚇了一大跳，做出了投降的手勢。貝拉說：「你好，你是個士兵吧，你怎麼一個人溜出來啦？」士兵一看他們鬆了一口氣，說：「哎呀，我是一個逃兵，因為如果我不逃的話，明天太陽出來了，我就會成為戰場中可憐的死人啦！」

莫樂多問：「請問，你們為什麼要打仗呢？」士兵說：「我們的國

家叫做綠豆國，那穿著紅色軍服的就是我們綠豆國的軍隊。我們綠豆國的公主和紅豆國的王子談戀愛，但我們國王卻要將美麗的公主嫁給黃豆國的王子。因為黃豆國是個強大的國家，國王希望和黃豆國聯姻，組成強大的綠黃聯盟！」士兵繼續說道：「但是，公主已經愛上了紅豆國的王子，所以兩個月前，公主和王子雙雙私奔了！」貝拉問：「那為什麼兩國要打仗呢？」士兵說：「我們的國王認為是紅豆國的王子騙走了我們公主，而紅豆國國王卻認為是我們綠豆國公主拐走了他們的王子，就這樣雙方都向對方宣戰了！你看，我們這些當兵的可要送命啦！哎！」

莫樂多一聽，非常氣憤，他說：「果然像我們村長說的一樣，戰爭的原因就是這麼愚蠢！」貝拉說：「我們如果能阻止這場戰爭就好了！」貝拉回憶起小鎮上的奶茶店，他說：「樂樂，你還記得那個美味的奶茶店嗎？它的名字叫『公主與王子奶茶店』，這回我相信也許那兩個漂亮的人兒正是他們的王子和公主呢！」莫樂多一拍大腿，高興的說道：「一定是這樣的。小鎮離這裡大半天路程，我們如果速度夠快的話，也許能找到他們，讓兩國停止戰爭！」於是他們三人走下山坡，向著來時的路跑了起來。

三人跑回了小鎮，敲開了奶茶店的門。公主和王子聽說因為他們的私奔導致了兩國的戰爭，非常不安。他們決定和貝拉他們連夜趕回去，阻止這場錯誤的戰爭。他們跑啊跑，一直到第二天天亮時才氣喘吁吁的跑到了戰場。這時雙方軍隊已經整裝待發，戰爭眼看一觸即發，王子和公主分別找到各自軍隊的統帥，下令停止進攻。然後王子騎上了白色的駿馬帶著公主去找綠豆國的國王。

王子用自己真誠的心終於贏得了國王的原諒，並且得到了國王和王后的祝福。他們又騎著馬去紅豆國，對紅豆國的國王和皇后宣布了自己勇敢的決定——要娶綠豆國公主為妻！同樣紅豆國的國王也非常高興，兩國的國王都宣布撤回各自的軍隊。經過商量，兩國決定為公主和王子舉行盛大的婚禮。兩國的人民高興極了，大家奔相走告，這真是一個了不起的節日！

為什麼公主和王子這回這麼容易就得到了雙方國王的原諒和祝福呢？原來在他們趕路的那個晚上，綠豆國國王得到了這樣一個消息：黃豆國的王子娶了藍豆國的公主，國王正為自己因為貪慕虛榮而失去心愛的公主而懊悔不已呢！

兩個國家為王子和公主舉行了盛大的婚禮。兩邊國王都下令大赦天下，全國放假十天。王子和公主非常感激貝拉和莫樂多，他們把貝拉和莫樂多請進了城堡，並邀請他們作為王國的榮譽公民長久居住下來。但是，貝拉和莫樂多在謝過了王子和公主的好意後，決定再次啓程出發。在經歷了很多的故事以後，貝拉和莫樂多確信這樣一點：那就是他們的旅行是有意義的，只要他們還在前進的路上，他們就能認識更多好玩的人和事，就能幫助更多的人們。所以在城堡裡美美的睡了一覺以後，天亮時，貝拉和莫樂多就踏上了旅程。

對了，那個逃跑的士兵呢？哈，他被綠豆國國王封為親善大使。從此維護國家的和平就成了他的工作啦！

# 大鬧雲朵城堡

這一天，貝拉和莫樂多渡過一條河，翻過一座山，來到一片樹林。這片樹林很奇怪，樹木長得非常非常的高。貝拉眼尖，他看到一棵大樹上好像掛著一個圓圓的什麼東西，一搖一晃的，特別惹眼。貝拉拍了拍莫樂多的肩膀說：「多多，你看那是什麼？」

莫樂多正在走一步跳一步，聽拉拉一說，順著貝拉指的方向看去，也看到了那個圓圓的東西。「是個熱氣球！」莫樂多興奮的說道：「哈，熱氣球可是個好東西，坐上它我們可以輕鬆的周遊世界啦！」貝

拉說：「熱氣球怎麼掛在樹上？一定是被樹枝纏住了！」

他們兩個跑到那棵樹下，貝拉可是爬樹高手，順著樹就爬了上去，莫樂多身手也不賴。兩個小傢伙爬上了樹一看，熱氣球果然被樹枝纏住了。他們將纏住熱氣球的樹枝一一扯開，熱氣球開始升空。貝拉和莫樂多順勢爬進了熱氣球的籃子裡，和熱氣球一起緩緩的升上天空。

貝拉看到樹林在眼皮底下越來越小，樹林的旁邊有一條閃閃發光的河流，此刻從天上看下來，倒像是一條褲腰帶，扭來扭去的彎曲著，一直延伸到遠處的草原盡頭。在晴朗的天空下，大地的風景綠油油的像一幅美麗的水彩畫。「好美啊！」莫樂多像詩人一樣發出感慨。貝拉也很興奮，他們從來沒有從這樣的高度看過世界！

就在他們陶醉於美麗的風景時，前方出現了一大片厚厚的雲層。一陣大風颳來將貝拉和莫樂多乘坐的熱氣球捲進了雲層，他們一下子失去了方向感，只能四處張望著。他們發現自己捲進了厚厚的雲層內部，一下子不知道該怎麼飛出來，於是他們就慢慢的滑翔著。不久，遠處出現了一座白色的城堡。

一座空中的城堡！兩個人幾乎同時大叫起來，他們決定到城堡裡看看！

熱氣球來到城堡外面，城堡的大門緊閉著，兩個穿著白色服裝的衛兵擋住了他們。衛兵說：「你們是來參加我們棉花糖公爵的舞會的吧？」貝拉和莫樂多聽了覺得莫名其妙，但是他們不露聲色的應和了一下。衛兵說：「既然是受邀請的，那就請從熱氣球裡下來，乘坐我們的雲朵沙發進去吧！」說話間，城堡的大門打開了，一張白色的沙發從城堡裡面穩穩的飄了過來。貝拉和莫樂多坐上白沙發，沙發就開始向著城堡裡面飄了進去。

他們發現這個城堡可真夠氣派的，裡面很大，裡三層、外三層的，一點都不亞於國王的宮殿！貝拉喃喃道：「真氣派，裡面的主人一定了不得啊！」莫樂多坐在沙發上，兩手放在腦後，一副享受的樣子。一陣涼風習習的吹拂過來。

到了城堡裡面，出現一個金碧輝煌的大廳，門口的侍衛為他們打開了豪華的大門。他們發現裡面正在舉行一場盛大的舞會，很多造型奇特的人穿著華麗的禮服。「這是一個化妝舞會！」莫樂多說道。他在小矮人村也參加過化妝舞會，小矮人們在節日的時候會打扮成各種神話故事中的角色，在舞會裡翩翩起舞，這可是莫樂多最喜歡的事情！大廳裡的嘉賓們頭上戴著各種有趣的面具，有打扮成仙女的，也有打扮成海盜或者巫師的，大家在美妙的圓舞曲中說笑著起舞。

就在這時，音樂聲停止了，從大廳的二樓旋梯上走下一個駝背的傢伙。這個傢伙穿著像棉花糖一樣有著白色氣泡的「禮服」，走起路來一搖一晃，表情非常的怪異。貝拉輕聲的對莫樂多說：「估計這位就是棉花糖伯爵了！」他一出現，大廳裡頓時安靜下來，人們都翹起頭，恭敬的注視著這位「棉花糖」伯爵。

這時，「棉花糖」說話了：「大家好啊，今天非常感謝大家來參加我們雲之城堡的化妝舞會，希望你們會喜歡我的安排！」「棉花糖」說完這句話頓了一下，從口袋裡拿出一個特別大的煙斗，抽了一口，接著說：「哈，大家都知道，天空是世界上最遼闊的地方，和天空比起來，大海算什麼？我可以斷言：世界上沒有什麼比天空更了不起的地方了。我們的祖先決定在天空建造美妙的雲之城堡，是多麼高明的想法啊。你們看看，愚蠢的人類生活在狹窄的土地上，他們建起了一個又一個的城市，蓋起了一棟又一棟的高樓大廈，我看，他們就像生活在一個個籠子裡的動物！」說完後，棉花糖「哈！」「哈！」「哈！」連著三聲大笑起來，大廳的「嘉賓」們也笑了起來。

大家哄笑一陣之後又安靜了下來。伯爵為自己的幽默感到非常的得意，於是他準備說下去。就在這時，大廳裡一位嘉賓放了個屁。「噗——！」這個屁聲音非常清脆，像一個獨奏的加長音符，在大廳裡歡快的迴旋著，人群安靜了兩秒鐘後，一下子爆發出熱烈的笑聲，所有的人都樂開了花！

這時，只見在旋梯上發表演講的「棉花糖」伯爵非常氣憤，他的脖子都紅了起來，看得出他非常的惱怒！他大聲的問道：「誰啊，誰這麼沒有禮貌！」這時人群安靜下來，大家意識到這下可把城堡的主人惹惱啦！一位戴著老船長面具的賓客，怯生生的回答道：「對、對不起，是、是我啦。」「棉花糖」一跺腳，大喊一聲：「來人哪，把他抓起來，關到雲堡監獄去！」從門口走進兩個衛兵，他們一把抓起那位嘉賓，將他帶了下去。人群裡頓時一片恐慌，人們都不知所措了。

貝拉和莫樂多站在門口，看到這一幕，非常氣憤。貝拉說：「這算什麼？這也太獨裁了，難道主人還規定不許別人放屁？」莫樂多更加生氣，大聲的說：「就是，哼，我偏要放個更大更響的屁，看看這個駝背的傢伙能拿我們怎麼樣！」莫樂多說做就做，「噗——！」果然放了一個更加清脆的加長版屁。這個屁繞著城堡的大廳來回彈了五圈，最後在駝背的「棉花糖」前面緩緩降落，完成了使命，散開了花！莫樂多和貝拉一下子樂了，而駝背的「棉花糖」伯爵更加老羞成怒，他大喊道：「來人哪，抓住這兩個沒有禮貌的傢伙！」貝拉和莫樂多一看這陣勢，才覺得情況不妙，扭頭就跑。後面一大群衛兵跑出來追捕，可就是抓不到他們。

貝拉和莫樂多一溜煙跑到城堡外面，一下子傻眼——原來城堡的外面就是空蕩蕩的天空，他們再踏出一腳可就要掉下萬丈深淵了。衛兵們看到他們無路可逃了，於是步步緊逼過來，貝拉和莫樂多只能一步步向後退去。莫樂多一腳踩空，一個踉蹌，從雲朵上摔了下去；貝拉反應比較敏捷，他一把抓住了莫樂多，但整個人慢慢的和莫樂多一起向下滑去，一寸一寸，眼看就要雙雙掉下去了。

這時，從他們的下面升起了一個熱氣球，熱氣球的籃子裡出現了剛才被抓起來的那個放屁嘉賓。那個人衝著他們大喊：「快，快跳下來，跳到籃子裡來！」貝拉一看，說時遲那時快，他抓緊了莫樂多的手，一起縱身一躍，向熱氣球的籃子跳去。「嘭！」兩個人都抓住了籃子的邊緣，掛在籃子外面。籃子裡的那個傢伙趕緊將他們分別拉進了籃子裡，這時熱氣球已經緩緩的升到了城堡的上空。那位嘉賓看著驚魂未定的貝拉和莫樂多，開心的笑起來。他解下自己的化妝面具，原來是一隻紅色的狐狸。

狐狸伸出手和他們握手，熱情的說：「哈，自我介紹一下，我是查西，謝謝你剛才聲援我！」他感激的看著莫樂多，莫樂多覺得莫名其妙的說：「我聲援了你？我做什麼啦？」

查西說：「剛才是你放的長屁吧？就是因為你的長屁，我才趁著混亂從衛兵那裡逃了出來，並搶回了自己的熱氣球！」「哦！哈哈，是這樣啊！」莫樂多開心的「哈哈」笑了起來，說：「那這樣說來，我們是同道之人啦！哈哈！」查西說：「你那個屁放得有水準，佩服佩服啊！」看著莫樂多和查西互相吹捧起來，貝拉笑著說：「我說兩位屁大俠，我們下一步該怎麼做？」

查西說：「這個雲朵城堡裡的棉花糖伯爵是個剛愎自用的傢伙，他利用自己在天空的權威，隨意召集和處置我們，今天我們得給他一點教訓！」貝拉和莫樂多非常同意。莫樂多問：「我同意！那怎麼教訓他呢？」查西說：「你看，那邊有大片烏雲，我知道這個棉花糖伯爵最怕

的就是下雨了，我們去把那片烏雲弄過來，下場雨，教訓他一下怎麼樣？」「好啊！」這個提議得到了貝拉和莫樂多的支持，他們駕駛著熱氣球向那片烏雲靠了過去，然後他們藉著風勢將烏雲推到了雲朵城堡的上方。

這時，棉花糖伯爵和衛兵們正氣急敗壞的咒罵著他們三人。查西對著下面的棉花糖伯爵大喊道：「我請你們喝飲料，哈哈。」熱氣球狠狠的撞了一下烏雲，烏雲一下子打出一個大閃電，開始下起雨來，雨水澆到棉花糖伯爵和士兵們身上，頓時他們像碰到水的棉花萎縮起來，連逃跑也來不及啦！於是下面的咒罵聲變成了哀求聲，棉花糖伯爵開始求饒啦：「啊，不要啊，這樣澆下來，棉花糖可要變成豆腐湯啦！」貝拉對查西說：「好了，我們也教訓過他們了，我看差不多就饒了他吧！」莫樂多也說：「好了，好了，點到為止，哈哈，不過看他們的樣子可真滑稽！」

三個人哈哈大笑起來，查西說：「奇怪，我的熱氣球怎麼會在這裡出現呀，他們說被風颳走了呢！」於是貝拉告訴了查西他們得到熱氣球並且來到這裡的經過。查西聽了後，開心的說：「哈，這就是緣分啊，所以我們才會在天空相逢！」莫樂多打趣道：「嗯，兩個臭屁鬧天空！哈哈！」

三個人歡笑著，駕駛著熱氣球，向著遼闊的遠方飛去，鳥兒們唱著歌掠過他們的身邊。

# 紅樹森林奇妙夜

熱氣球載著貝拉、莫樂多還有小狐狸查西向著遠方飄去。這時天色漸漸暗了下來，查西將熱氣球降落在森林的河邊。查西對他們說：「好了，你們下一步要去哪裡呢？」莫樂多說：「我們在周遊世界，朝著太陽的方向去世界的各個角落看看，我們的旅行才剛剛開始呢！」查西非常羨慕貝拉和莫樂多，羨慕他們的勇氣，也羨慕他們一路上收穫的知識和快樂。查西說：「真希望和你們一起去冒險，可是，我不能和你們一起走，因為我還要照顧年邁的外婆。」原來查西在很小的時候就沒有了

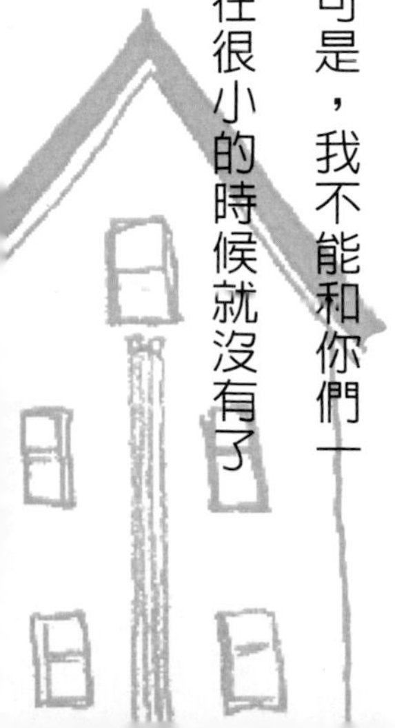

父母，是外婆將查西養大的，現在外婆年紀大了，都是查西在照顧她。

貝拉和莫樂多聽了後，非常感動，覺得查西非常有孝心。查西指著北邊的森林說：「我就住在那個綠樹森林，我邀請你們到我家去，我做美味的蘑菇湯給你們吃！」莫樂多一聽，就舔著舌頭，說：「蘑菇湯可是小矮人的最愛，好啊！」貝拉回頭看了看南邊，問查西：「那邊是哪裡，為什麼樹木的顏色都是紅色的？」查西看了一下那邊，湊過來，低聲的說：「那可是神秘的紅樹森林，我們平時都不敢進去的！」莫樂多問：「為什麼？」查西回答：「我很小的時候就聽外婆說過，很多動物因為誤入紅樹森林，後來再沒有走出去。真的非常詭異！」查西這麼一說，反而激起了貝拉和莫樂多強烈的好奇。貝拉問：「那麼難道就沒有人知道森林裡究竟發生了什麼事嗎？」查西接著說道：「這個森林的樹木看顏色就和其他森林的顏色不一樣，你看，都是紅色的。我聽外婆說：『紅樹森林裡有許多小朋友的玩具，如果你一時好奇拿了其中的一樣玩具，就會召喚出可怕的森林精靈。』上次一隻白色的兔子就是這樣因為好奇誤入森林，後來就再沒有出來！好奇心可是害人的東西啊！」

關於好奇心這個問題，貝拉有點不同意查西的觀點，他說：「我倒是覺得好奇心沒什麼不好，很多事物我們還是要親自去揭開謎底，否則我們將會永遠生活在無知中。再說，如果不去揭開這個紅樹森林的神秘面紗，不知還會有多少動物有進無回呢！」查西聽著貝拉的話，點了點頭，若有所思。莫樂多問貝拉：「拉拉，聽你話的意思，我們是要闖一闖這個神秘的紅樹森林囉？」貝拉問莫樂多：「怎麼樣，你敢嗎？」莫樂多一聽，笑起來：「哈哈，拉拉，我們一起經歷這麼多有趣的冒險，你看我什麼時候怕啦？我只是可惜了查西好心招待我們的那頓蘑菇湯啊！哈哈！」

貝拉也笑了，說：「哈！喝湯雖然快樂，但揭開未知的謎底更加吸引我啦！」莫樂多小手一揮，說道：「非常同意！走，我們夜闖紅樹森林！」查西勸阻了一番，看他們兩個勁頭十足，就再三叮囑他們不要拿路邊的玩具，然後給他們製作了兩個火把，最後就和他們告別，回綠樹森林去了。

貝拉和莫樂多雖然高調要夜闖紅樹森林，可這回手裡拿著火把，真的走向紅樹森林時，心裡還是緊張得要命。夜晚的森林靜悄悄的，只有一些不知名的小蟲子在「啾啾」的鳴叫，反而顯得周圍安靜極了！拿著火把，貝拉在前面走，火光照亮處，他們看到地上有一個布娃娃的玩具，玩具靠在樹樁上，瞪著大眼睛，彷彿在召喚貝拉和莫樂多過來抱起她來玩耍。貝拉和莫樂多聽取了查西的叮囑，沒有去碰玩具，走了過去。這時，他們發現樹梢上掛著一個玩具機器人，一搖一晃，他們也沒有去動。隨著他們逐漸深入，地上、樹邊、樹梢上到處掛滿了各種各樣的玩具，如果沒有查西的告誡，他們真的會抓起一個玩具玩起來。

莫樂多走著走著膽子大起來了，他說道：「哈，只要我們不去動這些玩具，紅樹森林裡的所謂的精靈就不能拿我們怎麼樣啦！哈哈，這麼簡單的陷阱也拿出來騙人！」剛說著呢，腳底下「嘭！」一聲踢到了一個東西，這一下莫樂多可是緊張得毛孔都豎了起來！貝拉和莫樂多低頭一看，原來莫樂多不小心踢到了一個撥浪鼓——這下完了！

這時，貝拉和莫樂多的背後同時被人拍了拍，兩個人拿著火把，發

起抖來，他們一起慢慢的、慢慢的回過頭來，這一回頭，他們看到了一個奇怪的精靈！

這是一隻長著翅膀的豬。是豬嗎？他的鼻子卻比豬要長，像個漏斗，耳朵又大又尖，腮幫子鼓鼓的，身上穿著馬戲團小丑的衣服，手裡拿著一個撥浪鼓。貝拉低頭一看，剛才的撥浪鼓不見了，小丑豬揮舞著翅膀，瞪著一雙圓溜溜的藍色大眼睛，手裡的撥浪鼓一晃一晃的，發出清脆的響聲！這時小豬說話了：「嘿嘿，兩位，兩位，嘿嘿，歡迎你們來到我們充滿奇蹟的紅樹森林，這個森林很久沒有人來啦，按照我們森林的規則，你們可是要和我玩一個叫做『後果自負』的遊戲哦！」貝拉問：「什麼叫『後果自負』的遊戲？」小丑豬說：「我是這個森林的精靈阿達，精靈們都叫我『飛天小丑漏斗可愛豬』！你們動了這個撥浪鼓，就把我召喚出來啦。這個遊戲嘛，就是我手中的這個撥浪鼓。這可不是普通的撥浪鼓，你們拿著它搖幾下，它就會有神奇的變化：每一次變出來的都不一樣，有好有壞就看你們的運氣啦。哈哈，真好玩！」貝拉和莫樂多也覺得很有意思，他們唯一擔心的就是隨便一搖，搖出個吃人的怪獸可就不好玩了！

「飛天小丑漏斗可愛豬」阿達看出了貝拉和莫樂多的擔憂，更加開心了，說道：「哈，好玩，真好玩，我就喜歡看到你們憂心忡忡的樣子，沒有勇氣你們怎麼走出這片紅樹森林呀！」這麼一說，貝拉反而堅決的說：「好，我們和你玩！」莫樂多也堅決的說：「誰怕誰啊，我們小矮人也不是膽小鬼！」

貝拉拿過小丑豬手上的撥浪鼓，「梆榔梆榔」連搖了九下，停住後，眼前忽然「叮」的一聲，出現了一個美麗的小仙女。仙女非常小，就像一個布娃娃這麼大，頭上戴著皇冠，閃閃發著金光。小仙女背後長著翅膀，揮舞著，模樣可愛極了！小仙女飛到貝拉的跟前，唱起了動聽的歌謠：「可愛的傢伙來到紅樹的森林，召喚我來到你的面前，我的翅膀揮揮，你的眼睛眨眨，不要覺得奇怪，這裡是美麗的精靈世界！」歌聲優美動聽，聽得讓人心醉！

貝拉陶醉在歌聲中，小仙女唱完後，左手一揮，手上多了一個超級大的棒棒糖。棒棒糖有七彩的顏色，好漂亮。小仙女將棒棒糖送給貝拉，微笑著對貝拉和莫樂多在空中用手指劃了個「二十」的圖形，接著又唱道：「如果問我有什麼提示，呼啦話大西西！」說到這裡，小丑豬似乎生氣了，他對小仙女說：「蕾娜，夠了，你又送棒棒糖，又給提示，還獻歌一曲，是不是太優惠啦！」叫蕾娜的仙女「哈哈」一笑，閃爍了一下，消失了，空中只留下一陣美妙的香味。

莫樂多看到貝拉運氣這麼好，看著貝拉美滋滋的舔著棒棒糖，早就按捺不住了。他接過貝拉手上的撥浪鼓，也搖了起來，一口氣搖了二十六下，然後停下來，期待奇蹟發生。這時在莫樂多的前面果然也「叮——！」一下出現了一隻揮舞著翅膀的大灰狼。這隻大灰狼長著兇惡的大嘴巴，兩顆狼牙露在外面，還流著口水，樣子難看極了！大灰狼手裡拿著一個大木槌，「啪！」一聲重重的敲在莫樂多的頭上。莫樂多一下子暈了，好不容易站定，大灰狼也開口唱起了難聽的歌曲：「我的名字叫貝克，嚇人、抓人我最棒，如果有美味送上前，我才不會太客氣！」唱完後，對著莫樂多搓著兩隻狼爪，一副要吃美餐的樣子！貝拉看到這隻叫「貝克」的灰狼口水都流了一地了，看來莫樂多的運氣不大好！大灰狼手一揮從空中也變出一個棒棒糖，送給莫樂多，莫樂多一看自己也有禮物，非常開心，接過後，塞進嘴巴裡，結果他的嘴巴就被黏住了，使勁也張不開，原來這是一個陷阱！

就在這時，貝拉忽然大喊一聲：「不公平！」大灰狼貝克和小丑豬阿達問：「怎麼就不公平啦？」貝拉問：「我們現在是不是在玩遊戲？」他們說：「是啊！」「那遊戲是不是要有規則？」貝拉不依不饒，「既然有規則，我們是不是要按照規則來玩遊戲？」小丑豬阿達對大灰狼貝克做了個「停止」的手勢，貝克放下了他的狼爪，也看著貝拉。

貝拉說：「我聽說世界上所有的遊戲都是要雙方一起來玩才有意

思，否則就不是遊戲，而是欺負人！」小丑豬說：「好像也挺有道理的，那你說，我該怎麼做？」貝拉說：「很簡單，現在輪到你們來搖啦。注意，你們也要『後果自負』哦！你敢嗎？」這句話可把小丑豬阿達給激了一下，他說：「哼，誰不敢，不敢的人是豬！」他這麼一說，覺得自己在罵自己，馬上改口道：「誰怕誰不是豬！」他這麼一說旁邊的大灰狼貝克又憤憤的看著他。

小丑豬接過撥浪鼓，也開始搖了起來，貝拉在心裡默默的數著，等他搖到二十下時，忽然他大喊一聲：「呼拉話大西西！」只見眼前發出「嘭！嘭！」兩聲巨響，大灰狼貝克一下子變成了一隻灰色的拖鞋；小丑豬一下子變成了一張紙飄到了地下。莫樂多的嘴巴也一下子張開了。

莫樂多奇怪的問貝拉：「拉拉，那兩個傢伙哪裡去啦？」貝拉對莫樂多說：「喏，你看！」他指向拖鞋和地上的紙，然後撿起那張紙，上面畫著一隻小丑豬的樣子。莫樂多哈哈大笑，他說：「我明白了，哈哈，原來是這兩樣東西變的！」貝拉說：「其實，紅樹森林的秘密很簡單，如果要真正走出紅樹森林那就要對方遵守遊戲規則，只有遵守遊戲規則，我們就有獲得贏的機會。這些傢伙以前和別人玩遊戲一定是沒有規則的，所以別人永遠輸，他們一直贏！」

莫樂多一聽恍然大悟，他想起來那位叫做「蕾娜」的仙女的提示，說：「哦，原來在剛才的遊戲中早有提示，那個『二十』的動作就是搖二十下，那句奇怪的話就是咒語啊！」「嗯！你說對啦！」兩個人非常高興，手拉著手，高舉著火把，走出了紅色森林。這時天也慢慢的亮了起來，莫樂多拿出那張畫著小豬的紙，他們驚奇的發現上面的小豬像沒有了，只有一句話歪歪斜斜的寫在上面：「歡迎再來神奇的紅樹森林！」兩個人一看，哈哈大笑起來。

# 草地上的美味大餐

貝拉和莫樂多離開紅樹森林後，繼續他們的旅行。這一天，他們來到一片草地。貝拉摸著自己的小肚子對莫樂多說：「我的肚子好餓啊，如果這時有一根世界上最最美味的香蕉就好了！」莫樂多也很餓，他也說：「嗯，雖然我一路上都能採到各種蘑菇吃，但也很想換換口味，吃點美食呢！」

就在他們說話間，發現前面草地上擺著一張長長的桌子，桌子上鋪著漂亮的粉紅色桌布，桌面上擺放著許多金光閃閃的餐具和美食。有各

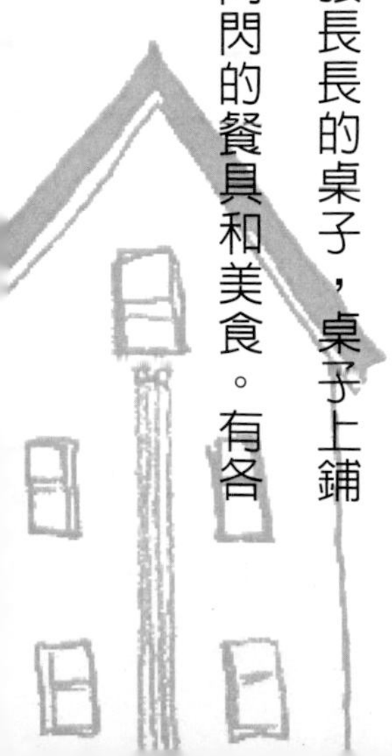

種顏色和造型的糕點，還有各種新鮮的水果，甚至還有一個大大的雙層蛋糕。貝拉和莫樂多遠遠的看到了餐桌，兩個人驚喜的叫起來。莫樂多流著口水，做出一副要撲過去的樣子，貝拉拉住了莫樂多，他說：「多多，等一下，我們先看一下，看樣子這裡好像要舉行一個盛大的聚會呢！看來我們來了正好可以參加！」於是他們兩個躲在大樹後面，遠遠的觀察起來。

這時，他們發現前面的桌子上，水果和餐具動了起來。一串葡萄自動的飛離桌面，到了半空然後一個一個消失了，一個銀色的杯子也飛了起來，然後傾斜了一下，裡面的紅酒也不見了，然後是西瓜、蛋糕一口一口的少掉，所有的東西都在動，然後少了下去。貝拉和莫樂多發現了這個神秘的現象，貝拉悄悄的問莫樂多：「怎麼回事啊，從來沒有看到美食自己會動的！」莫樂多沉吟道：「是啊，難道是傳說中的隱身精靈在聚會？」貝拉就問：「隱身精靈？什麼是隱身精靈？」莫樂多說：「我以前聽村長說過，在一個不知名的森林裡生活著一群會隱身的精靈，他們可以用魔法的咒語讓自己變得透明，別人看不到他們！」貝拉一聽，瞪大了眼睛，說：「這樣說來，我們是闖進了一個隱身精靈的聚會。看情況，這群隱身的精靈正在美餐呢。可惜了那些美味的水果，我們只能流著口水，目睹這『殘酷』的一幕！」

莫樂多眼珠轉了一下，笑了起來，對貝拉說：「我還聽村長說，只要往隱身精靈身上撲上泥水，他們就會現身。我還從來沒有看到過傳說中的隱身精靈，真想看一看！」貝拉也說：「是啊，那樣子一定很奇怪吧？」

莫樂多就說：「我們去河邊弄點泥巴過來，然後澆過去，讓隱身精

靈現身如何？」貝拉一聽，覺得這樣一定很有趣，於是他們兩個悄悄的跑到很遠的河邊。在河邊他們看到一個廢棄的油漆桶扔在那裡，於是撿起來往裡面灌進了一桶泥巴，再加了點水。莫樂多一邊加一邊嘻笑著：「哈，再加點美味的湯汁，我們的大餐就做好啦！」貝拉拿來樹枝，在裡面攪起來，最後泥漿做好了，他們又悄悄的潛伏到餐桌旁邊的樹叢中。這時桌上的美食繼續著奇怪的運動，並且一點一點的少去，或者說是一口一口的被吃了。貝拉和莫樂多互相看了看，彼此點了點頭，莫樂多提著油漆桶，忽然朝餐桌的一個位置灑了過去！「噗！」一下子，泥漿四濺，顯出了一個精靈的外形，一下子傳來了一個怪叫聲：「哈氣——！」果然，一個精靈現身了！

這個現身的精靈身上到處都是泥漿。只見他長著圓圓的小耳朵，粉紅的臉龐上，一雙漆黑的大眼睛，下巴很尖，身上穿著水手的衣服，腳上穿著誇張的大頭靴。不過，這身漂亮的行頭現在可是被搞得灰頭土臉，狼狽不堪！這個精靈一現身就喊起來：「啊！啊！怎麼回事，怎麼回事？誰在搗亂，快給我出來！」餐桌兩邊一個個精靈依次現身，他們長得都很像，也都穿著一樣款式的水手服，只是大小各異，水手服的顏色也各不相同，有粉紅的、湛藍的，也有草綠色的，五彩繽紛，漂亮極了！

這五個精靈放下手中的食物和餐具，一個個面露憤怒的神情，大聲的叫道：「誰在搗亂？給我出來！」

貝拉和莫樂多這回意識到自己闖了禍，開始緊張起來，於是從樹叢後面走了出來，兩個人耷拉著腦袋，紅著臉。精靈一共有五個，他們站成一排，正好從高到低依次排開。最高的穿著湛藍色的水手服，然後是草綠、黑色、桔黃，最後是那個倒楣的被泥漿灑了一身的粉紅色精靈，他的個子最矮。他們從高到低站成一排，看著貝拉和莫樂多。最高的那個說：「你們是誰啊？為什麼搗亂？」第二個說：「為什麼搗亂，為什麼搗亂？」第三個說：「你們兩個傢伙完了，嚴重得罪我們啦！」第四個說：「得罪我們啦，得罪我們啦！」第五個剛想說話時忽然捂著鼻子打了個噴嚏：「啊——切！」拉長著聲音氣鼓鼓地說：「賠、賠我的——新——衣——服！」

貝拉和莫樂多非常慚愧，他們為自己剛才的莽撞後悔。莫樂多說：「對不起，我一時好奇，想看看你們的樣子。」貝拉也趕忙說：「我們錯了，能原諒我們嗎？」

最高的精靈開始發言了：「你們這麼搗亂，可是要付出代價的！」

第二個說：「付出代價，付出代價！」第三個說：「要我們原諒你們沒那麼容易！」第四個說：「沒那麼容易，沒那麼容易！」第五個剛想說，又打了個大大的噴嚏：「啊——切！」

五個精靈一起手拉著手，一起吐了下舌頭，唸起了奇怪的咒語：「拉拉門西瓜瓜多！」一下子，旁邊的大樹上居然自動垂下許多藤蔓，將貝拉和莫樂多纏了起來，兩個人被高高的吊了起來！

那五個精靈看著貝拉和莫樂多狼狽的樣子，開始得意了，他們抬頭看著五花大綁的貝拉和莫樂多，嘻嘻笑了起來。最高的說：「哈哈，你們這回知道我們的厲害了吧！」第二個說：「知道了吧，知道了吧！」第三個說：「我們可是有魔法的精靈，厲害著呢！」第四個說：「厲害著呢，厲害著呢！」第五個剛想說話，又打了個大噴嚏：「啊——切——！」

貝拉和莫樂多被捆在樹上開始求饒。看樣子，這五個精靈根本沒有打算放他們下來的樣子。也是啊，誰叫他們想出這麼一個搗蛋的餿主意。只是這樣被吊著，確實也夠可憐的！貝拉想了想就對五個精靈說：「看得出你們不但是會隱身的精靈，一定還是世界上最聰明的精靈吧！」貝拉這麼一說，這五個傢伙更加得意了。老大笑嘻嘻的說：「啊——哈！算你有眼光，看出了這點。不錯，我們就是大名鼎鼎的『隱身精靈五人組』！」老二接過話，興奮的說：「五人組，對，五人組！」老三說：「我們的聰明超出你的想像！」老四說：「超出想像！超出想像！」最後那位粉紅色的精靈說：「我們什麼都知道，啊——切！」又打了個噴嚏，看得出，他是被泥漿灌得夠嗆！

貝拉接著說：「那我給你們猜一個謎語，如果你們猜出來了，我就真的承認你們是世界上最聰明的精靈；如果猜不出來，哈哈，那你們一定不是！」莫樂多一聽，樂了，附和道：「對，你們說你們是世界上最聰明的精靈，一定猜得出來；猜不出來就要放了我們，而且還要請我們一起吃這些美味的大餐！我們肚子好餓啊！」那五個精靈一個個躍躍欲試，他們都要證明自己是世界上最聰明的精靈，他們一起說：「好！我們同意猜謎語！」

貝拉眼珠一轉，想到了一個謎語，於是問道：「兩隻眼睛像燈泡，一個尾巴像釘子，白天在雲裡飛，夜晚在湖上睡！你們猜猜看，是什麼動物？」五個精靈一個個抓耳撓腮，想破了頭皮。個子最高的就說了：「眼睛像燈泡，一定是老虎，老虎的眼睛到了晚上可亮啦！」貝拉搖了搖頭，說：「不對不對，接著猜！」老二接著說：「尾巴像釘子，一定是鱺魚，哈哈，沒錯啦，是鱺魚！」貝拉還是說：「不對，也不對，再猜！」老三說：「白天在雲裡飛，哈哈，那一定是麻雀，我就見過一隻黃色的麻雀，在雲裡飛來飛去，可歡啦！」貝拉還是搖起了頭，說：「錯啦，錯啦！也不是麻雀！」老四接著猜：「晚上在湖裡睡，那一定是鯉魚，鯉魚都在湖裡生活，所以連睡覺也在湖裡啦！哈哈，是鯉魚！」貝拉卻還是搖頭：「錯！錯！錯！」

第五個粉紅色精靈一看前面四個都錯，頓時緊張起來，他覺得自己責任重大，「精靈五人組」是不是世界上最聰明的精靈就取決於他最後的答案了。他兩隻手交叉在胸前，來回的踱步，抬頭看看天，低頭看看腳，嘴裡咕噥著：「不對不對，也不是這個！」就這樣他想了很久，忽然回頭，眼睛一亮說：「一定是蜻蜓，你們看啊，蜻蜓的眼睛大大，尾巴長長，白天飛啊飛，夜晚就睡在湖面，我見過蜻蜓，一定是這樣的！」

那四個精靈撲閃著大眼睛緊張的看著貝拉，期待他的最終裁判。貝拉大聲的宣布：「對！是蜻蜓，你說的沒錯！」五個精靈一下子爆發出快樂的歡呼聲，他們開心極了，把粉紅色的精靈抬起來，扔到了天上。精靈們也不再生貝拉和莫樂多的氣了，他們高興還來不及呢！他們唸起咒語，把貝拉和莫樂多放了下來，精靈們邀請他們參加還沒有結束的美味大餐。莫樂多這回可不客氣，他的嘴巴裡塞滿了各種美食。貝拉也不落後，風捲殘雲，狼吞虎嚥。他們從來沒有吃過這麼豐盛的美餐！精靈們唱著歡快的歌曲，端起酒杯，輪流來敬他們，直到把貝拉和莫樂多給灌醉了！

他們就呼呼的斜靠在大樹前睡著了，貝拉手裡還拿著半塊奶油蛋糕。莫樂多呢，手裡拿著一塊大大的西瓜，嘴巴裡還嚼著一大口，但是他們此刻卻「呼呼」的睡著了！

過了很久，「呼呼」颳起了大風，貝拉慢慢睜開眼睛，醒了過來，他看到自己的手上竟拿著一根老樹枝。莫樂多還在「呼呼」的打著鼾，手裡的西瓜怎麼變成了一把樹葉，嘴巴裡也塞滿了樹葉。貝拉趕快叫醒了莫樂多，他們發現那五個精靈不見了；而盛滿美味佳餚的長桌上居然也沒有了原先的美食，取而代之的是一把把樹葉和樹枝。這時他們才發現他們剛才狼吞虎嚥的美餐原來是精靈們用魔法變出來的東西，而魔法的原材料居然是這些樹枝和樹葉！

兩個人你看看我，我看看你，「哈哈」大笑起來！兩個傢伙站了起來，舒展了下筋骨，再次出發了！

# 開心與不開心馬戲團

這一天，貝拉和莫樂多來到一個路口，他們看到這條路通往兩個不同的方向。在馬路的中央，豎立著一個指示牌，指示牌上有兩個箭頭，一個指向左邊，一個指向右邊。指向左邊的上面寫著「開心」兩個字，指向右邊的上面寫著「不開心」三個字。貝拉和莫樂多一看覺得非常費解，這個「開心」和「不開心」到底是什麼意思呢？是地名嗎？還是去了左邊就開心，去了右邊就不開心了呢？兩個人站在路牌前討論後決定朝「開心」這個方向走去。

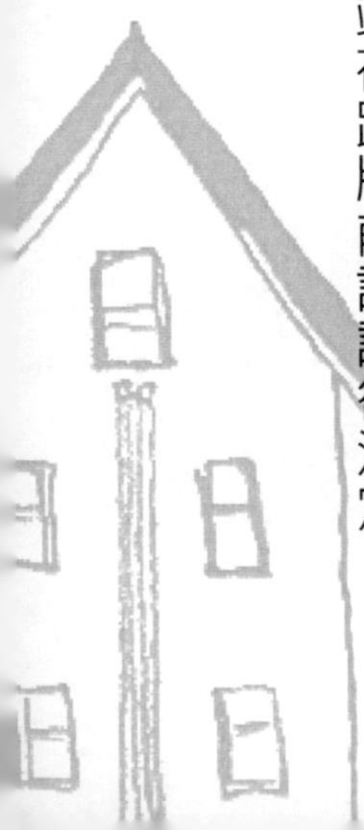

向著左邊，他們邁開了步伐。走著走著，路邊出現了一排哈哈鏡。貝拉和莫樂多來到第一面鏡子前面，他們發現鏡子裡的自己肚子變得超級的大，腿卻變得很短，樣子滑稽極了，兩個人開心的哈哈大笑起來。他們來到第二面鏡子前面，哈，這下他們的身體變成了一根彎曲的繩子，扭來扭去，腦袋卻像個氣球！於是他們又來到第三面鏡子前面，這回他們發現自己長了三個腦袋，這可把他們嚇壞了，趕快來到第四面鏡子前。這一照，他們又哈哈大笑了起來，原來這個鏡子裡貝拉和莫樂多的身體居然合併到了一起，活像兩根纏在一起的繩子，他們的腦袋倒過來，嘴巴在下面，鼻孔對著天空。這果然是一個讓人開心的地方！

貝拉和莫樂多照過鏡子，繼續往裡走。這時他們發現路邊擺放著許多小丑的腦袋雕塑，看小丑的表情也都是笑嘻嘻的，一副開心的樣子。

遠遠的，他們看到一個馬戲團的帳篷。帳篷門口一個畫著開心表情的小丑在大聲的吆喝：「快來看啊，精彩的表演，看了讓你開心的表演馬上要開始啦！」貝拉和莫樂多決定進去看看，什麼樣的表演才是世界上最讓人開心的表演？到了裡面，他們找到兩個空位置坐了下來，觀眾們都期待著表演的開始。這時舞臺上響起了歡快的奏樂，紅色的幕布緩緩拉開，一道追光打到了舞臺的中央，一隻穿著高跟鞋的大象出現了。大家一看大象穿著高跟鞋彆扭的樣子爆發出哄堂大笑。大象隨著音樂開始扭起屁股，屁股上掛著一對鈴鐺有節奏的發出「叮叮噹噹」的響聲。這時只見大象滾到地上，居然用自己的鼻子支撐起笨重的身體，在地面上玩起倒立，觀眾席中爆發出熱烈的掌聲！

大象退場後，一隻瘦弱的斑馬蹦蹦跳跳的出來了。斑馬來到舞臺中央，對著大家「嘿嘿」傻笑起來，露出了一口大大的白牙，滑稽的是他的牙縫裡都是菜葉子，觀眾發出一陣噓聲。這時一隻松鼠出來了，他拿著一把很大的牙刷，扭著節拍給斑馬刷起牙來。從舞臺後面又出來一隻穿著芭蕾舞小天鵝服裝的小豬，小豬轉著圈，跳著芭蕾舞，居然還能優美的踮起腳尖，做出許多高難度的舞蹈動作旋轉著，最後做了個結束的定格動作。而那隻斑馬居然正好將一口刷牙水「噗——」噴到了小豬的後腦勺上，小豬的腦袋像戴了頂白色的帽子，這一下可把觀眾徹底給逗樂了，這真是一個讓人開心的超級馬戲團！

表演結束後，貝拉和莫樂多還沉浸在剛才歡樂的氣氛中。莫樂多買了個棒棒糖，一邊舔著，一邊對貝拉說：「既然往『開心』的方向走，我們獲得了開心，那不知道往『不開心』的方向走，會有哪些讓人不開心的事情呢？」

貝拉也同樣疑惑，他咬了一口棉花糖，說：「那一定是笑著進去，哭著出來囉！」

他們兩個決定也走一走那個叫做「不開心」的地方，於是他們掉頭向著「不開心」的地方走了進去。

走著走著，他們聽到遠處傳來了哭聲。「嗚——嗚——」聽上去非常的傷心。他們循聲走去，一隻巨大的兔子在前面的路邊嚶嚶哭泣，抹著眼淚。貝拉和莫樂多走上前去。貝拉問這隻兔子：「請問兔子先生，你哭得這麼傷心是為什麼呀？」兔子低頭看了他們一眼，「哇！」哭得更傷心了。莫樂多不耐煩了，大喊一聲：「停！」繼續說道：「喂，我們問你話呢？你這麼哭總得有個什麼理由吧？」

兔子抽泣著停住了哭聲，對他們說：「我哭是因為我今天放在路上的一根大蘿蔔找不到了，這可是我的晚餐啊！」說完後又哭了起來。貝拉和莫樂多一聽還以為是什麼大事呢，原來是丟了根蘿蔔，他們覺得這隻兔子真沒用。貝拉對莫樂多說：「我們幫幫他吧，給他買一根蘿蔔，讓他開心起來，怎麼樣？」莫樂多說：「對，我同意！」於是他們來到馬路上的一家小店裡，買了一根最大的蘿蔔，兩個人抬著這根大蘿蔔來到兔子面前，對兔子說：「這位先生，我們送你一根大蘿蔔，希望你能開心起來！」

兔子一看這根大蘿蔔，居然哭得更傷心了，眼淚「吧嗒吧嗒」的流下來。貝拉和莫樂多更加奇怪了。莫樂多問：「喂，我說這位先生，你丟了蘿蔔很傷心，但我們送你一個蘿蔔你怎麼更傷心啊？」兔子邊哭邊說：「嗚嗚——你看，如果我不丟那根大蘿蔔，加上你們送的這根蘿蔔，那我不是有兩根蘿蔔了嗎？嗚嗚——」

貝拉和莫樂多又好笑又好氣，他們覺得這隻兔子非常的不可救藥。貝拉說：「看來開心和不開心還真的取決於自己，如果自己不開竅，世界上會有一萬個不開心的理由，而要開心其實不需要理由！」莫樂多說：「就好像剛才那個開心馬戲團，那些蹩腳的演出我們不是也看得開開心心嗎？」

兩個人決定不理會不開竅的兔子，他們繼續往裡走。這時，他們發現路邊擺放著許許多多巨大的小丑腦袋，不過這些小丑的表情一個個都是哭喪著臉，讓人看了心情也跟著沉重起來。

這時他們同樣發現一個馬戲團的帳篷，門口站著一個畫著悲傷表情的小丑在招徠觀衆。小丑打著哭腔，叫賣著：「嗚嗚——大家來看啊，世界上最無聊的表演馬上就要開始啦，嗚嗚——怎麼都沒人來看啊！」

貝拉和莫樂多走進了帳篷，他們發現大大的帳篷裡只有他們兩個觀衆，不過表演馬上就開始了。

幕布拉開，一道燈光照亮了舞臺中央，燈光下出現了一隻無精打采的獅子。獅子紮著小辮子，一個鼻孔裡還流著鼻涕，他一看觀衆席中的貝拉和莫樂多，居然也「嗚嗚」的哭了起來。他問貝拉和莫樂多：「嗚嗚——我要表演什麼？嗚嗚——我忘了我要表演什麼了？我今天還沒洗臉呢！」說完後，這個傢伙居然一扭一扭的下臺了，坐在觀衆席上，呆呆的思考起來。

貝拉急忙跑到獅子的身邊，悄悄的對獅子說：「獅子先生，您的節目還沒有表演，您現在不可以下臺！」獅子回過頭來，一臉茫然的對著貝拉說：「問題是我忘了要表演什麼了，讓我想一想！」貝拉這下是徹底暈了。他又回到莫樂多的身邊，悻悻的對莫樂多說：「這樣的表演看下去，我們都要瘋啦！」莫樂多做了一個無奈的動作，表示贊同。

過了一會兒，一群鴨子上臺了。鴨子總共有四隻，四隻鴨子打著黑色的蝴蝶結，來到舞臺上一字排開，他們給自己報幕：「下面是雜技表演！」鴨子們一隻站在另一隻的背上，這樣四隻鴨子疊起了羅漢。他們站好後，四隻鴨子呆呆的看著舞臺下面的貝拉和莫樂多，就這樣過了半分鐘，居然什麼都沒有做。

貝拉和莫樂多期待著他們精彩的表演，但是，他們看著鴨子，鴨子們看著他們，就這樣耗著時間。忽然，四隻鴨子集體從胸前的口袋裡掏出一把瓜子，「咯咯」的吃起瓜子來。貝拉一看，覺得莫名其妙。他大聲的問道：「喂，我說各位先生，這難道就是你們說的雜技表演嗎？」

莫樂多也大聲的質問：「這也太沒有專業可言？我們可是進來看表演的！」

兩個人憤憤的離開劇場，因為他們看鴨子們這架勢是要一直吃瓜子下去，他們可沒有興趣花一整天的時間，欣賞一群鴨子吃瓜子！他們走到劇場的出口，剛才那個哭泣的那個小丑看他們要離場，更傷心了，他說：「我就知道你們要走了，表演又演砸了，我就知道，又演砸了，嗚嗚——」

貝拉和莫樂多忽然同情起這個不景氣的馬戲團，貝拉和莫樂多商量起來，貝拉說：「我們得幫幫這邊的人，他們總是這麼不開心可不好！」莫樂多說：「其實他們太消極了，事情還沒做就覺得自己要失敗了，這樣怎麼開心得起來！」

貝拉和莫樂多決定動員兩個馬戲團來個聯合表演，他們分別說服了開心馬戲團和不開心馬戲團的負責人建議他們聯合起來表演，並共同搭建了一個更大的劇場，然後他們敲鑼打鼓的為這次的聯合表演吆喝，還設計了富有創意的海報，張貼在不同的地方，這樣果然吸引了很多的觀眾來欣賞。大家都很好奇，這兩個風格差距巨大的馬戲團聯合表演會是什麼樣子！

表演時間終於到了，貝拉和莫樂多擠進人群，早早的在觀眾席上坐好了，期待這場有趣的演出。

這時，舞臺上的幕布緩緩開啓。燈光下，一隻大象走了出來。大象一滾，用鼻子撐起了笨重的身體，這時從舞臺後走出四隻鴨子，他們分別跳上了大象的腳掌上，又吃起了瓜子。不過，這回效果真不錯，大家都被大象高難度的動作給折服了，再加上鴨子們滑稽的表情，觀衆爆發出一陣熱烈的掌聲。下一個節目是斑馬刷牙，不過這回跳天鵝舞的不是那隻舞技高超的小豬，而是那隻忘了表演内容的獅子。獅子笨拙的動作惹得大家哈哈大笑。這次聯合表演非常的成功，融幽默和技巧為一體，讓觀衆們過足了癮！

貝拉和莫樂多也很開心，他們覺得自己的建議非常正確。

貝拉與莫樂多決定告別這裡，繼續他們的旅行。他們來到路口時，時，發現那塊指示著「開心」和「不開心」的路牌不見了，只見一隻巨大的兔子站在路口，大聲的吆喝著。莫樂多一看，說道：「這不是那隻怎麼樣都不開心的兔子先生嗎？」貝拉說：「這位傷心的先生看樣子好像挺高興的，他在做什麼呀？」

走近一看，兔子熱情的招呼他們。貝拉問：「兔子先生，你在做什麼呀？」兔子說：「哈，兩位朋友快點過來買棒棒糖吧，看著節目吃棒棒糖可是最好的享受呢！」莫樂多一聽，笑了起來，他問：「咦，兔子先生你不傷心啦？」兔子一聽，大笑起來說：「我發現只有傻瓜才會讓自己不開心呢！」哈哈，大家笑做一團，貝拉和莫樂多告別了兔子先生，繼續他們的旅行了！

# 貝拉和莫樂多吵架了

這一天，貝拉和莫樂多來到了一個教堂的前面，抬頭，看到了教堂高高的塔樓。於是他們爬到了塔樓的塔尖上，坐在上面，兩個人搭著肩，晃著腿，一起看著遠方的白雲。天空湛藍湛藍的，像極了一張亮晶晶的卡片，而雲朵呢，像是貼在上面的棉花糖，慢悠悠的飄過來飄過去。遠處是高高低低的房子，像棋盤裡的棋子分布在大地的各個角落。一直到視線消失的地方是薄薄的青山，薄得就像水彩顏料不經意的一抹。貝拉和莫樂多看著遼闊的風景，心情好極了，他們一起輪流舔著薄

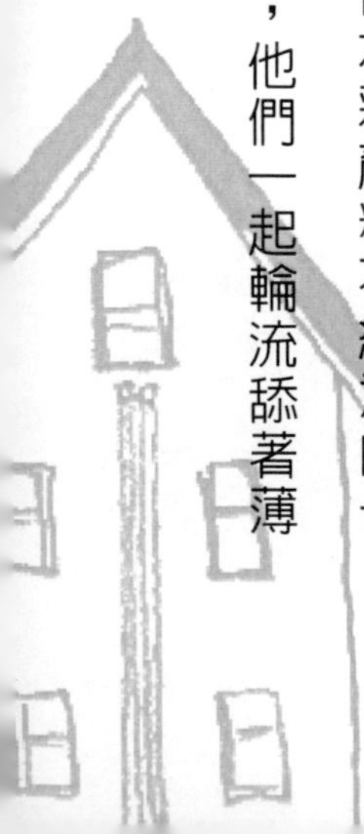

荷味的棒棒糖，這真是愜意的時光！

遠方，兩隻小鳥「嘰嘰喳喳」的歡叫著，互相追逐打鬧。貝拉看著這兩隻小鳥問莫樂多：「多多，你看這兩隻小鳥『嘰嘰喳喳』的是在聊天呢？還是在吵架呀？哈哈！」莫樂多舔了一口棒棒糖抹了抹嘴，笑嘻嘻的答道：「哈，我覺得他們是在聊天，聊得可歡了！」

貝拉搖搖頭，說：「我覺得他們是在吵架，你看他們你一句我一句的，好像有不同的意見！」貝拉說完後也舔了一口棒棒糖，吸了一下鼻子。莫樂多聽貝拉這麼說，就仔細觀察起這兩隻小鳥，他同意貝拉的觀點，說：「你這麼一說，好像是哦，呵呵！」貝拉就問莫樂多：「多多，你吵過架嗎？」莫樂多說：「我想想啊——我好像還沒吵過架呢，哈哈！」貝拉也笑了起來，說：「嗯，我也沒有，世界上有什麼事會讓大家吵架呢？」

莫樂多一聽疑惑了，他皺皺眉頭說：「吵架一定是有不同的意見吧！」貝拉同意莫樂多的看法，他說：「多多，我們也來玩吵架吧！」莫樂多一聽，來了精神，說道：「好啊好啊！吵架一定很好玩吧！那我們怎麼吵架呢？」貝拉就說：「我想吵架就是你說我不好，我說你不好，這樣就會吵起來的！」貝拉又說：「這樣吧，你先說我，我再說你，這樣我們不就吵起來了嗎？」莫樂多一聽，覺得很疑惑，問：「這樣就可以嗎？我來試試吧！」於是莫樂多嘟了下嘴，上下打量起貝拉，忽然他眼睛一亮說：「有啦！貝拉，我覺得你是世界上臉最扁的猴子，哈，對！你的臉好扁啊！哈哈！」貝拉於是還擊道：「那我還覺得你是世界上個子最矮最矮的人，沒有人比你矮了！」

莫樂多一聽這話回道：「個子矮怎麼啦？個子矮也沒有你臉扁扁的看起來彆扭呢！」貝拉有點生氣了，他說：「看起來彆扭你不要看嘛，再說啦，誰又喜歡和一個世界上最矮的人一起玩呢？」莫樂多還擊道：「就算我是世界上個子最矮的人，也不喜歡和世界上臉最扁的傢伙一起玩，我完全可以和臉不扁的人一起玩，臉扁扁的像被大象腿踩過一樣！」

這回可激怒貝拉了，貝拉紅著臉，十二分生氣的說道：「不要玩就不要玩，你知道嗎，和世界上最矮的人一起玩也是世界上最沒有意思的事情！」這回假吵架升級成了真吵架了，兩個人越說越氣，他們在心裡都決定不原諒對方了。貝拉說：「我還有很多朋友，可朋友們都沒有你矮，你以為你是誰？」莫樂多當然不會白挨一句，重重的還擊道：「世界上所有的人都是我的朋友，他們一個都沒有把臉搞得扁扁的，臉扁扁的最難看了，對！是非常難看！」

吵著吵著，陷入了可怕的惡性循環，兩個人都在增加挖苦對方的分量，希望在爭吵中獲得勝利。可越是這樣，情況越是糟糕，最後演變為各走各的。貝拉說：「我決定啦，我不和你走下去了，一個人也可以周遊世界，可能更好玩。如果我發現一根美味的香蕉，我可以自己一個人吃啊！」莫樂多當然不甘示弱，說道：「那我也一個人走，發現滿滿一草地的蘑菇，記住，是最好吃的那種，我一定一下子全吃光，速度非常快，連一根小苗都不留給你！」

他們決定分道揚鑣。兩個人下了塔樓，貝拉往左，莫樂多往右，他們頭也不回，向著前方走去。

就這樣，貝拉走了很久，一邊走一邊自言自語：「誰要和你走，我一個人更好玩，想去哪就去哪！」莫樂多也走了很久，一邊走也一邊自言自語：「一個人的旅行其實也很有意思，我要和你一起走才怪呢！」就這樣兩個傢伙一個往左，跨過了一條河，走進一片茂密的森林；一個往右，翻過一座山，走進一片草地。

這時，天慢慢的黑了下來，貝拉一個人走著走著，忽然有點怕起來，雖然他嘴裡還是嘟囔著：「我一個人真的很快樂！」但腳步卻慢慢的慢了下來，因為他不知道這麼走下去會到哪裡。而莫樂多也一樣，他開始覺得有一點無聊起來，但他的嘴裡同樣嘟囔著類似的話，不承認心裡的感受。

這時貝拉來到一棵大樹下，他走累了，決定在大樹下坐一會兒，休息一下。他看看四周，除了大樹，沒有小動物的蹤跡，於是他和大樹聊起天來：「大樹先生，你說我這樣是不是對的？我一個人不是也好好的嗎？我不需要一個叫『莫樂多』的小矮人，因為他是世界上最矮的人！」

莫樂多來到了一塊大石頭前，他和大石頭聊起來：「石頭啊，你覺得我一個人很窘迫嗎？其實我一個人逍遙著呢？沒有朋友，小矮人難道就沒法生活啦？哈哈！」

可是莫樂多嘴上雖然是這樣說，心裡的感覺卻越來越強烈起來，他開始想念貝拉。他暗暗下個決定：如果貝拉此刻忽然出現，並主動向他道個歉，哪怕是一句很簡單的道歉的話，他就決定原諒貝拉。「對！就這樣決定了！」其實，貝拉何嘗不是這樣想的呢？在大樹下，貝拉同樣做出了這個嚴肅的決定。又過了很久，貝拉對自己說：「算啦，我難道還真的要和莫樂多不好嗎？算了吧，不就是一次吵架嘛，我原諒他就是啦！」貝拉決定去找莫樂多，莫樂多同樣回頭踏上找貝拉的路，可不幸的是他們經過同樣的地方，居然一個疏忽都沒有發現彼此。貝拉朝著大石頭走去，最後來到大石頭旁邊，還是沒有找到莫樂多，莫樂多來到了那棵大樹下，同樣也沒有找到貝拉。

莫樂多對大樹說：「我發誓以後再也不吵架了，我幹嘛嘲笑人家臉扁扁的，其實貝拉是世界上最可愛的猴子！」貝拉同樣對著大石頭傾訴著：「莫樂多是我最好的朋友，而我卻嘲笑他個子矮，把他惹生氣了，我承認我錯了，這樣他就能回到我的身邊了嗎？」

可惜，他們相隔很遠！

於是貝拉和莫樂多同時決定再回到他們分道揚鑣的地方等對方，那個地方就是教堂。

貝拉走著走著，他發現前面有兩塊大石頭，中間有一條縫，很窄很窄，貝拉一時起了玩心，他要從石頭縫中間穿過去。可是就是這樣，貝拉碰到了大麻煩！

他被卡在了縫隙中間，結結實實的被卡住了！他左也不是右也不是，就是無法從兩塊巨石中間挪出來。這回貝拉著急了，他大聲的呼叫：「來人哪！誰來救救我呀！」這時莫樂多遠遠的聽到貝拉的呼叫聲，他的眼珠一下子閃出光芒，他大喊一聲：「拉拉，你在哪裡？我來啦！拉拉，我來啦！」循著聲音，莫樂多跑到了貝拉的面前，他看到貝拉被活活的夾在兩塊巨石之間，非常的著急。他看到貝拉無法動彈的痛苦的表情，急得流出了眼淚！貝拉看到莫樂多，眼圈也紅紅的，他說：「多多，我們可不要再吵架了，我發誓，我們還是最好的朋友！」莫樂多流出了豆大的眼淚，他說：「拉拉，別說了，我要趕快想辦法把你弄出來！你一定很難受吧？」於是莫樂多使勁拉貝拉的手，卻還是無法將貝拉拔出來，使勁拉腳也不行。

這下莫樂多可慌了，他團團轉著，問貝拉：「拉拉，怎麼辦呢？我們得想個辦法！」貝拉冷靜下來，反而開起玩笑，其實是安慰莫樂多：「哈，多多不要急，我覺得這樣也挺好，晚上睡覺可以不用蓋被子了，哈哈！」莫樂多可沒有一點點高興的樣子，他嘟起嘴，說：「拉拉，你還高興得起來呀，我都急壞啦！」

貝拉說：「我想到一個辦法，只要找到一些滑滑的東西，抹在我的身上，我就能像泥鰍一樣滑出來啦。這樣硬拉可不行，我會變成橡皮人的，哈哈！」莫樂多一聽，開心起來，興奮的說：「我想到啦！」於是他一溜煙向著森林裡跑去。原來莫樂多想到蜂蜜一定是滑滑的東西，因為他以前最愛喝蜂蜜，那種滑滑的味道是莫樂多最喜歡的滋味！

於是，他一棵樹一棵樹的去找蜜蜂窩。終於，他找到了一棵老橡樹，樹上果然有一個大大的蜂巢。莫樂多爬上了樹，輕手輕腳的去扯蜂巢，他知道蜂巢裡有許多的蜂蜜。可就在這時，從蜂巢裡飛出了一大群蜜蜂，蜜蜂發現了這個「竊賊」紛紛來螫莫樂多。莫樂多一下子被蜜蜂團住，東一口西一口的，從頭到腳被螫了個遍，頓時全身都起了大包，樣子難看極了。

要在平時莫樂多早就疼得哭起來了，可這一回莫樂多卻出奇的勇敢。他把蜂巢牢牢的抱在他的胸前，強忍著疼痛，從樹上掉了下來。莫樂多大叫著：「我不是小偷，我是要用蜂蜜救我最好的朋友！」奇怪的是，他這麼一叫，蜜蜂們不螫他了，在他的頭頂，蜜蜂們跳起了奇怪的舞蹈。莫樂多於是爬起來，在蜜蜂們的簇擁下，來到貝拉前面。貝拉看到莫樂多的樣子，非常難過，也非常感動。他紅著眼圈，大喊道：「多多，你是我最好的朋友，我發誓以後永遠不和你吵架了！」

莫樂多將蜂蜜抹在貝拉的身上，也抹在了石頭上面，蜂蜜滑滑的流遍了貝拉的全身。莫樂多拉著貝拉的手笑起來，說道：「我要拉你出來啦，拉拉，你儘量呼氣！」貝拉點了點頭，深深的呼了口氣，莫樂多使勁一拉，一下子將貝拉拉了出來！兩個人緊緊的擁抱在一起，蜜蜂們在他們的頭頂跳著歡樂的舞蹈。

貝拉和莫樂多經過這個事件後，他們覺得吵架是友誼最可怕的殺手，他們決定以後要更加珍視彼此的友誼，不再為任何事情吵架。其實，經過這回的吵架事件後，他們反而成了更加親密的朋友呢！

他們將蜂巢放回了那棵老橡樹，並鄭重的感謝了善良的蜜蜂們。看看天色已晚，於是他們靠在老橡樹下，開心的回憶起白天的事情。說著說著，兩個人都滑入了夢鄉。

# 取外號的下場

這一天，森林裡剛下完一場春雨，小河邊的石頭在雨後的陽光下閃閃發著光芒，如果仔細聞一聞，你還能聞到青草的芬芳。還有，如果你再抬頭看一看，你會發現雨水掛在樹梢上晶瑩剔透，彷彿珍珠一樣對著我們歡笑！

貝拉和莫樂多從樹底下鑽了出來，他們抖落身上的雨水，伸了伸懶腰。貝拉快樂的說：「好大的雨啊，現在雨停了，空氣真清新啊！」莫樂多嘴裡叼著一片葉子，他抹了抹鼻子，把一個剛剛摘到的蘑菇塞進嘴

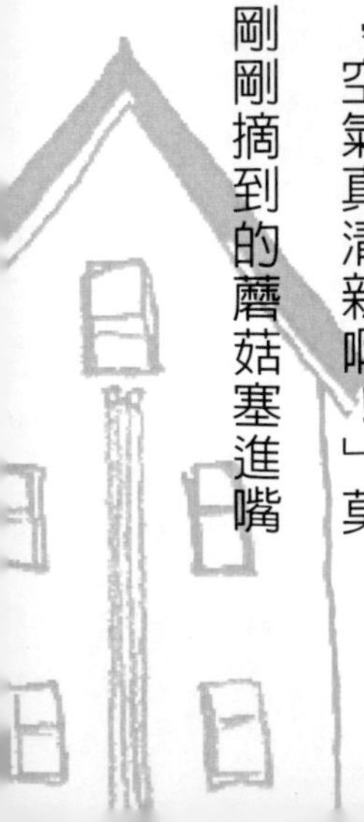

裡，美美的嚼起來。他一邊嚼一邊說：「這場雨就好像給森林洗了個澡，你看河裡的水流得多歡啊！」

貝拉使勁點了點頭，這時，河對面傳來了「轟隆隆」的聲音。貝拉和莫樂多無法判斷這個聲音是怎麼發出來的，於是他們一起爬上了一棵高高的樹，坐在樹枝上眺望遠方。這時，他們看到遠處有一支奇怪的隊伍向這裡走來，這是一支「雜牌軍」！為什麼這麼說呢？原來這支隊伍是由不同的動物組成的，領頭的是一隻犀牛，然後是野豬，野豬的後面是長頸鹿，長頸鹿的後面是短尾熊，然後是狐狸、羚羊、斑馬等等，隊伍拉得很長。貝拉和莫樂多很好奇，這些動物排著隊伍，「轟隆隆」的要去哪裡呢？

於是，他們用樹葉作為掩護，躲在樹上，觀看起來。只見隊伍緩緩的向這邊走來。小河上有截樹木做的獨木橋，一些體型龐大的動物搖搖晃晃、小心翼翼的過橋，樣子可滑稽了。貝拉和莫樂多看到滑稽處，忍不住「嘻嘻」笑起來。他們捂著嘴不讓自己的聲音太大，以免被發現。

莫樂多湊到貝拉的耳朵旁邊，小聲的說：「拉拉，你看這些傢伙過橋的樣子多滑稽啊，我們來給他們取外號吧，這樣一定很好玩！」

貝拉一聽也覺得很有意思，他說：「好啊，你看這隻犀牛，走起路來笨笨的，他的角尖尖的，力氣一定很大，我就叫他『大笨牛』！」

莫樂多一聽，眼珠子轉了幾圈，他說：「我看他肚子確實夠大，我就叫他『阿肚哥』！哈哈。」莫樂多非常得意。

接著是野豬要過河了。野豬每走一下鼻子就拱一拱地面，他小心翼翼的跨上獨木橋，晃晃蕩蕩的，發出「呼嚕呼嚕」的叫聲。貝拉於是就說：「這個傢伙叫起來呼嚕呼嚕的，我就叫他『呼嚕大叔』！哈！」

莫樂多也不示弱，他接著說道：「嗯，你看他的鼻子總是拱地，好像地上有好吃的東西一樣，我就叫他『拱爺』！」

接著是長頸鹿了。長頸鹿上了獨木橋，他的脖子很長，所以個子也很高。他看不大清楚自己腳下的情況，一個踉蹌，差點從橋上掉下來，於是左右搖擺著，好不容易站穩了，接著往前走。貝拉說：「這位兄弟呢，脖子這麼長，真是無聊。我看就叫他『長脖王』！哈哈，就叫『長脖王』！」

莫樂多當然不甘落後，他看著長頸鹿笨拙的樣子，靈機一動，就說：「要我呢，我就叫他『梯子大叔』！」貝拉不解了，於是問：「為什麼叫『梯子大叔』呢？他又沒有帶梯子！」莫樂多得意的說：「拉拉你看啊，他的脖子是不是很長？這麼長的脖子不就像一個移動的梯子嗎？如果我要上樹，我才不自己爬上去呢。我可以踩著梯子上去，可方便了！」

貝拉覺得這回是莫樂多勝出了，他說道：「嗯，這個外號取得好，『梯子大叔』，哈哈，就叫他『梯子大叔』吧！」

莫樂多聽貝拉這麼一說更加得意了，於是他們接著取下去。這時一隻無尾熊過河了，貝拉說：「這位老弟真奇怪，沒有尾巴，但是耳朵很大，像兩隻大扇子，我看就叫『沒尾巴扇子阿瓜』！」

莫樂多一聽，覺得有點疑惑，他問：「怎麼外號這麼長啊！」貝拉得意的說：「哈，因為他是從很遠很遠的星球來的，那裡的名字都很長，他的全名叫『沒有尾巴肥嘟嘟扇子阿瓜』！」

莫樂多這回佩服起貝拉來了，他覺得貝拉取的這個外號很專業，於是抓耳撓腮，觀察起無尾熊。忽然他拍拍腦袋，說：「我看他的鼻子黑黑的，樣子挺奇怪的，就叫他『黑鼻大王呼啦啦』！」這回輪到貝拉不解了，他問：「後面『呼啦啦』是什麼意思啊？」莫樂多得意的說：「『呼啦啦』就是很有趣的意思，在外星球『呼啦啦』一定是很有趣的意思！」

這時一隻大象笨拙的上了獨木橋。大象走到橋的中間，橋震動了一下，木頭好像要斷裂了，這時大象走也不是，退也不是，大家都圍到河邊，有些動物就勸起大象：「快點過來，再不走橋要斷啦！」

大象於是慢慢的邁開步伐，一點一點的向對岸挪去，貝拉一看大象笨拙的樣子，笑起來說：「哈哈，這位仁兄好笨啊，我看就叫他『阿笨哥』吧！」

莫樂多說：「嗯，他的鼻子真有趣，貝拉你還記得我們以前鑽進過大象的鼻子的事嗎？」

貝拉當然記得，他「咯咯」笑起來，說：「嗯，結果一個噴嚏我們飛起來啦！」莫樂多就說：「是啊，所以我給他取名叫『鼻孔哥』！哈哈！」貝拉和莫樂多都哈哈大笑起來，結果這一得意，兩個人站的樹枝斷了，一下子從樹上掉了下來，動物們這才發現原來樹上還藏著兩位調皮的傢伙。大象被他們摔下來的響聲分了心，結果一個晃蕩，從橋上掉下了水。大夥兒七手八腳的把大象給拉上了岸，大象非常生氣，他吐出了鼻子裡的河水，打了個噴嚏，問他們：「你們兩個鬼鬼祟祟的躲在樹上做什麼呢？」

貝拉和莫樂多於是說出他們給大家取外號的事情。動物們聽了都非常生氣，大家都覺得給自己取的外號有損自己光輝的形象。特別是大象，他掉下水心裡已經非常不爽了，又得知自己被取做「鼻孔哥」，心裡更是一肚子的氣。他對大家說：「我們可不能白白給這兩個傢伙取外號，我們也得取回來，對，我們每個人都送一個外號給他們！」

動物們都覺得這個主意很好，他們圍成一圈，貝拉和莫樂多在圈子的中間坐好，取外號大會就正式開始了。首先發言的還是倒楣的大象，他說：「你們兩個，一個臉扁，一個腿短，所以我送你們外號一個叫『小扁扁』，一個叫『矮冬瓜』！」

犀牛其實也憋了一肚子氣，因為他對自己的「阿肚哥」和「大笨牛」的外號嚴重不滿，他建議道：「我看你們一個叫『超級扁扁猴』，一個叫『大鼻子短腿人』！」

「好！」動物們發出一片喝彩，犀牛非常得意，向大家點頭致意。野豬迫不及待的發言了：「我說我說，我叫你們一個是『大扁王』，一個叫『短短人』。」野豬看看大家沒有喝彩的樣子，又坐了下來，繼續構思。

就這樣，動物們暢所欲言，他們狠狠的報復著貝拉和莫樂多，不時爆發出歡快的笑聲和掌聲。貝拉和莫樂多閉著眼睛，裝出很享受的樣子。一直到大家都說完了，貝拉才睜開眼睛，故意說：「真舒服啊，原來一個人有這麼多外號，一點也不難過！」莫樂多也配合道：「嗯，以後我要一天用一個外號，每天不同，這都感謝你們熱心贈送哦！」

動物們看到他們絞盡腦汁取的外號沒有對貝拉和莫樂多取得打擊報復的作用，大家都很失望。無尾熊跳出來對大家說：「大家不要上當，他們一定內傷了，他們是裝的！」

貝拉和莫樂多站起來，貝拉對大家說：「其實，今天我們給大家取外號是不對的，我們不應該取笑大家，每個人都有自己的特點，我們應該彼此欣賞，取外號其實是挖苦別人的缺點，這樣確實沒有禮貌！」

莫樂多馬上接口道：「對對，我們錯了，我們給大家道歉。其實，你們都很帥，情況沒有這麼嚴重！」

因此，大家就開心起來了。長頸鹿問他們：「你們要去哪裡啊？」

於是，貝拉和莫樂多簡單介紹了自己周遊世界的目的和一路上發生的一些有趣故事。動物們一個個聽著都張大了嘴，大家都非常佩服他們的勇氣，這回大家可不再怠慢兩位了。貝拉和莫樂多看看天色還早，就起身和大家一一揮手告別，踏上了他們傳奇的行程。

# 冰箱裡的龍捲風

貝拉和莫樂多這一天來到一個小鎮，他們看到一所學校大門緊閉著，門口站著一個門衛。門衛的頭很大，身體很小，樣子怪怪的。貝拉和莫樂多透過校園的欄杆，看到操場上同學們正在整齊的排著隊伍，校長正在對大家訓話。奇怪的是，所有的人都是頭大身體小。校長說：「同學們，學校裡面有一個超級大冰箱——」校長指了指後面，他的身後果然有一架大冰箱。他接著說道：「這個冰箱裡裝著一個危險的東西，是什麼東西呢？當然，我不能說。反正，誰也不准打開這個超級大

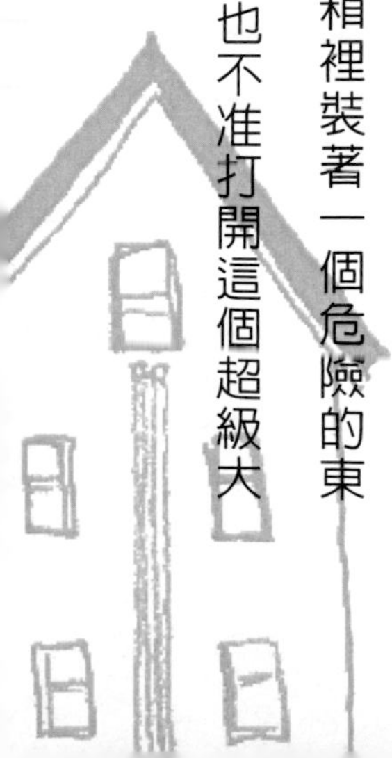

冰箱，如果打開了，就會引來巨大的危險！」

同學們七嘴八舌的互相交談著。看得出，校長這麼一說反而激起了大家強烈的好奇！

貝拉和莫樂多還想聽下去，這時門口的大頭保安朝他們走了過來，對貝拉和莫樂多說：「嗨，小朋友，不要趴在欄杆上，請離開吧！」

貝拉和莫樂多只能悻悻的離開了，路上莫樂多問貝拉：「拉拉，你猜冰箱裡會裝著什麼神秘的東西呢？」

貝拉也很迷惑。他們決定等下午放學後，悄悄的溜進學校，一探究竟。下午，同學們陸陸續續放學回家了，校園裡頓時安靜了下來。貝拉和莫樂多趁著保安不注意，偷偷的翻過欄杆，爬進了校園。他們看到那個神秘的大冰箱還放在原來的地方。於是，他們躡手躡腳的來到冰箱前，彼此交換了下眼神。貝拉伸手輕輕的拉開了冰箱的大門。

這時，校園裡忽然颳起了大風，樹枝上的葉子紛紛飄落，天空一下子烏雲密佈。貝拉又將冰箱門打開大一點，這時，整個冰箱劇烈的搖晃起來。貝拉意識到事情不妙，想馬上關上冰箱的門，可是太遲了，冰箱的門被「轟！」的一聲使勁推開，一個巨大的龍捲風從裡面衝了出來，「呼！呼！」的發出巨大的聲音。龍捲風快速的旋轉著，上面大下面小，像個圓錐形的霜淇淋。龍捲風出來後，在天空旋轉著來回晃蕩。他來到樹上，所有的葉子一瞬間被捲了過去。貝拉和莫樂多意識到自己闖禍了，他們一時沒有辦法降服龍捲風，只能躲在圍牆後面。害怕龍捲風下一步會做出更嚴重的破壞來！

龍捲風捲走了一棵樹的葉子後，好像來了興致。校園裡有十二棵法國梧桐，龍捲風就一棵一棵的捲過去，所到之處，都只剩下光禿禿的樹枝，一片樹葉也沒留下！

這回龍捲風可得意了，看來校園已經不能滿足它破壞的勁頭，它衝出了學校，來到大街上。貝拉和莫樂多趕緊追了出來，他們看到龍捲風「呼！呼！」的捲著，在馬路的上空威風凜凜的旋轉著。這時一位大腦袋的老爺爺拄著一根拐杖正要過馬路，老爺爺的頭髮、鬍子都花白花白，看上去特別的慈祥。龍捲風好像發現了新的獵物，一下子朝著老爺爺捲去。貝拉和莫樂多著急得大叫：「老爺爺，小心啊！」可惜老爺爺比較遲鈍，龍捲風捲過老爺爺的腦袋，這回老爺爺花白的頭髮和長長的鬍鬚一下子被捲走了，光光的腦袋真像個超級「大肉丸！」

龍捲風非常得意，它居然大搖大擺的到處尋找獵物。這回，它看中了一群路過的可憐綿羊。綿羊長著雪花一樣的絨毛，看上去圓咕隆咚，非常可愛。龍捲風捲過羊群以後，可憐的綿羊一隻隻變成了被拔光毛的羊排，滑稽極了。他們「咩咩」的慘叫著，渾身發抖！

龍捲風就這樣一路搜刮，接著捲走了五隻公雞的雞毛、三家小店的招牌、六位老太太的假髮、八間陽臺上晾著的短褲！龍捲風一下子大腹便便，它的肚子裡可裝著不少的「寶貝」啦！

龍捲風還使城裡的交通陷於癱瘓狀態，消防員無奈的拿著消防水龍頭，也是一籌莫展的樣子。貝拉和莫樂多躲在街角，心裡非常慚愧，他們知道這回禍闖大了！

莫樂多對貝拉說：「拉拉，怎麼辦？我們得想想辦法，收拾這個傢伙！」貝拉其實一直就在想辦法，他問莫樂多：「多多，你發現龍捲風的特點沒有？」莫樂多不解的問：「特點，什麼特點？它的特點就是喜歡捲走別人的東西！」

「對！」貝拉一拍腦袋，眼睛亮了起來，他興奮的說：「這就是龍捲風的特點。它喜歡捲走樹葉或者頭髮、衣物等軟的東西，大的、硬的它消化不了！」

莫樂多摸摸頭皮，還是不解，問道：「那又怎麼樣？拉拉，你是不是有對付它的辦法啦？」貝拉神秘的點了點頭，湊到莫樂多耳朵旁邊嘀咕了起來……

貝拉和莫樂多找到了那個拿著消防水槍的消防員，說了自己的辦法。消防員速度很快，馬上指揮隊友們行動起來了！

過了不久，一輛紅冬冬的消防車從街道拐角出現了。在消防車上一個消防雲梯高高的托著一個戴著草帽、穿著稻草做的衣服、褲子的「巨人」。巨人後面站著剛才那位消防員。消防車慢慢接近龍捲風，龍捲風看到新的獵物出現了，非常興奮，它也朝著「巨人」飛去，它要捲走巨人身上所有的稻草呢！

可就在他馬上要捲走巨人身上的稻草時，巨人的肚子裡忽然開了一個門，龍捲風一下子因為慣性沒有剎住，鑽進了巨人的肚子裡，緊接著門就「砰！」一下子重重的關了起來，龍捲風被活捉了！

頓時，人群爆發出歡快的叫好聲，而那位巨人後面的消防員則成了大家的英雄。雲梯下降後，大家把消防員抬起來，扔到天上表示慶祝！

大家走近一看，這才發現原來大肚子巨人是經過偽裝的大冰箱。對，就是小學裡的那個冰箱！

原來，貝拉發現了龍捲風的特殊嗜好後，就設計這用「請君入甕」的方法抓住可惡的傢伙。當然，雖然他們拯救了大家，但禍也是他們闖的！

那麼，為什麼學校裡的冰箱裡會關著一個龍捲風呢？原來，是一個同學在實驗室做實驗，因為一時好奇，將學校的儀器用最大的功率製造出了這個超級龍捲風，校長急中生智打開了冰箱的大門，把龍捲風關進裡面，原本打算第二天讓消防員來處理的，結果卻被貝拉和莫樂多因為好奇釋放了出來，於是才有了剛才緊張的一幕！

消防員在接受電視採訪時表示：這個偉大的創意是兩個孩子告訴他

的，可他也不知道兩個「小英雄」現在在哪裡。

其實，貝拉和莫樂多早就悄悄的踏上了行程，因為，在他們看來，這可不是什麼光彩的事情哩！

# 又見「強盜三人組」

這一天，貝拉和莫樂多正坐在一棵大樹下聊天逗趣。貝拉咬了一口蘋果美美的嚥了下去，莫樂多從口袋裡掏出昨天摘的蘑菇也痛快的往嘴裡塞，兩個人有一搭、沒一搭的開著玩笑。這時他們聽到遠方響起了馬蹄聲慢悠悠的，從遠及近。貝拉和莫樂多馬上站起來，他們爬上了身邊的大樹，在樹枝上撥開樹葉觀察起來。

遠方慢悠悠的來了一輛馬車，馬車上坐著三個傢伙，坐在左邊的最高，中間的第二，右邊的最矮，這樣依次坐起來看上去非常滑稽。貝拉

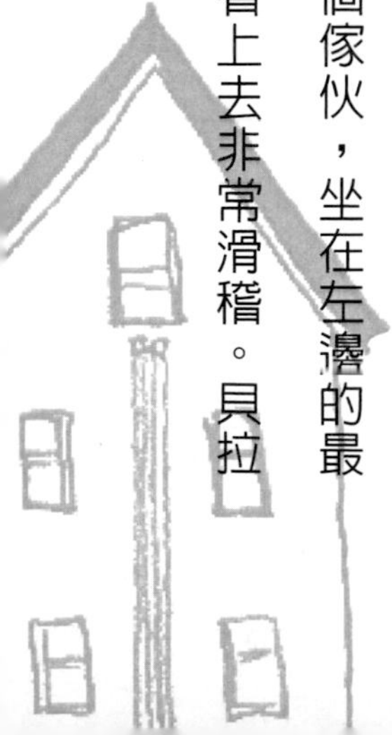

拍了拍莫樂多的肩膀，在莫樂多耳邊輕輕的說道：「多多，你看這馬車上的三個傢伙是不是非常眼熟？」莫樂多摸摸頭皮，吸了一下鼻子，說道：「嗯，我也感覺在哪裡見過，在哪呢？」忽然兩個人同時說道：「哦，他們就是強盜三人組！」

莫樂多說：「在我們矮人村，他們差點得手，這些壞傢伙！」貝拉說道：「沒錯，上次我們扮幽靈嚇走了他們，算是便宜他們了，這些傢伙一定又在幹什麼壞事！」莫樂多說：「這回我們可不要便宜了他們！」

這時，只見馬車來到大樹的附近停了下來，三個強盜從馬車上下來。其中個子最高的傢伙說道：「這回我們可發財了！沒想到這麼容易得手，哈哈！」個子第二高的同樣高興的說道：「是啊，我們是世界上

最厲害的強盜三人組，我們真是天下無敵！」個子最矮的那個傢伙也最胖，說道：「這回一定能賣個好價錢，跑了這麼久，肚子都餓了，我們來吃點黑麵包！」

於是三個傢伙背對著貝拉和莫樂多，從衣服裡拿出了黑麵包開始吃起來。馬車的後面是一個黑色的車廂，車廂的門關著，貝拉判斷裡面一定裝了什麼東西。於是他們悄悄的溜下樹，躡手躡腳的來到馬車的車廂前。莫樂多悄悄的打開車廂門，兩人一起爬了進去，然後又輕輕的關上門。

車廂裡面黑乎乎的，伸手不見五指，貝拉和莫樂多在裡面摸來摸去。貝拉摸到一個毛茸茸的腦袋，他以為是莫樂多的腦袋；莫樂多摸到一個光禿禿的屁股，他以為是貝拉的屁股。於是，他們繼續在裡面摸索著。這回貝拉摸到一排大大的牙齒，莫樂多摸到兩個大大的鼻孔，他們都嚇了一跳。因為，莫樂多沒有那麼大的牙齒，貝拉也沒有那麼大的鼻孔——他們意識到摸到了一個怪物！

貝拉哆嗦著問道：「誰——誰啊？」這時怪物說話了：「是我啦，我是會跳舞的灰驢傑克！」莫樂多發出了「噓」的聲音，示意大家小聲一點。貝拉又問：「你怎麼會在這裡？」灰驢傑克說：「我在馬戲團工作，因為舞跳得好，大家都喜歡我。可是有一天來了三個傢伙，說要請我吃美味的蘿蔔，把我騙到郊外然後打暈了我。我醒來後發現自己被綁起來了，就在這個車上，我估計他們要把我賣掉！」

貝拉點點頭表示同意。他摸了摸傑克的身上，發現傑克果然被一根很粗的繩子綁著。於是，他和莫樂多解開了傑克身上的繩子，三個人腦袋湊到一起，如此這般的商量起對策。他們決定這回要活捉強盜三人組，為民除害！

就這樣，馬車又向著未知的地方跑去，過了很久，來到一個小鎮。莫樂多打開車廂的門悄悄的從車廂上跳了下去，跑走了。貝拉每過一會兒就扔一個蘑菇下來，一直到馬車來到了一個倉庫前，貝拉也從車廂裡跳了下來，躲在了拐角處的水槽前。這時，只見馬車進了倉庫，三個強盜從馬車上下來，看得出他們非常得意。高個子強盜打開了車廂的門，灰驢傑克被他們抬了下來，傑克身上還是綁著繩子。一個長著八字鬍的大胖子早就等候在裡面。這個胖子一看就覺得不是好人——油頭肥耳的，肚子像個酒桶。高個子強盜對那個胖子說：「怎麼樣，驢我是給你搞到手了，錢你可準備好啦？」大胖子說：「好，好啊，這回我可發財啦。喏，這是說好的二十個金幣！」

那三個傢伙非常高興，眼睛裡閃爍著光芒，真是見錢眼開！但就在這時，灰驢傑克忽然說話了：「我說，大老遠把我綁架過來，就賣二十個金幣啊！」矮個子強盜生氣的說：「那又怎麼樣，有了二十個金幣我們就發財啦，我要好好去賭一把！哈哈！」

傑克接著說道：「你們知道嗎？我可是我們星星馬戲團最紅的演員，我表演三天，你知道可以賺多少錢嗎？」「能賺多少？」強盜三人組同時問。「起碼十個金幣！」灰驢傑克得意的說。「也就是說，你只要表演六天就賺了二十個金幣？」不高不矮的強盜問道。「對，所以你們把我賣了二十個金幣是虧本的！」傑克不依不饒的說道。

這時，那個大胖子臉黑下來，厲聲說道：「閉嘴，你這個蠢驢，你根本就不會跳舞。」傑克問：「既然我不會跳舞的話，你為什麼要強盜把我綁來？」胖子支支吾吾的說：「那是因為，那是因為你是我表弟，我想你了！」強盜三人組同時說：「你騙鬼啊，你和驢是表兄弟？」

胖子漲紅了臉，說道：「買賣已經成交了，我要帶走驢了！」傑克看了看倉庫外面，轉了下眼珠，說道：「剛才你不是說我不會跳舞嗎？我現在表演給你們看，證明我是會跳舞的！」這回強盜三人組高興了，他們也要看看這隻驢跳舞時什麼樣子。於是他們解開傑克身上的繩子，傑克就真的跳起舞來。

傑克的舞蹈還真不賴：他一會兒用蹄子敲擊著地面打節拍，一會兒做起倒立的動作，一會兒還能在地上打滾，不時還發出「咕嘎咕嘎」的叫聲，滑稽的樣子把大家都逗樂了。就在傑克跳舞的時候，倉庫的門被人踢開，從外面衝進一群警察，裡面還有莫樂多。原來莫樂多去警察局報案了，他帶著警察根據貝拉扔的蘑菇一路找到這裡。強盜三人組和大胖子一看這麼多警察來了，一下子癱倒在地，束手就擒了。原來，就在貝拉和莫樂多還有傑克在車廂時，商量出這個一舉制服了這些可惡傢伙的好辦法。

警察帶走了強盜和胖子以後，貝拉和莫樂多還有傑克三個人又聚在一起。傑克非常感謝他們救了自己，貝拉和莫樂多得知傑克是馬戲團的演員，就決定送傑克回馬戲團。莫樂多一路上聽貝拉誇獎傑克的舞技如何高超，非常好奇，於是到達馬戲團以後，傑克邀請貝拉和莫樂多來觀看他的演出。傑克滑稽的表演果然引得貝拉和莫樂多捧腹大笑，莫樂多說：「哇，這回可真是開了眼界了！」

第二天，貝拉和莫樂多告別了馬戲團和傑克，再次踏上了他們充滿傳奇的未知旅程，下一段旅程他們又會去到哪裡？還會認識些什麼樣好玩的朋友呢？前面又有什麼樣冒險的故事在等著他們呢？讓我們一起期待吧！

少年文學09　PG0965

# 貝拉與莫樂多的奇妙旅行

**作者**／陳始暢
**插畫者**／陳始暢、儲巍
**責任編輯**／陳佳怡
**圖文排版**／陳姿廷
**封面設計**／王嵩賀
**出版策劃**／秀威少年
**製作發行**／秀威資訊科技股份有限公司
114 台北市內湖區瑞光路76巷65號1樓
電話：+886-2-2796-3638
傳真：+886-2-2796-1377
服務信箱：service@showwe.com.tw
http://www.showwe.com.tw

**郵政劃撥**／19563868
戶名：秀威資訊科技股份有限公司
**展售門市**／國家書店【松江門市】
104 台北市中山區松江路209號1樓
電話：+886-2-2518-0207
傳真：+886-2-2518-0778
**網路訂購**／秀威網路書店：http://www.bodbooks.com.tw
國家網路書店：http://www.govbooks.com.tw
**法律顧問**／毛國樑　律師

**總經銷**／聯寶國際文化事業有限公司
221新北市汐止區康寧街169巷27號8樓
電話：+886-2-2695-4083
傳真：+886-2-2695-4087

**出版日期**／2013年7月　BOD一版　**定價**／250元
ISBN／978-986-89521-0-2

秀威少年
SHOWWE YOUNG

國家圖書館出版品預行編目

貝拉與莫樂多的奇妙旅行 / 陳始暢作. -- 一版. -- 臺北
市 : 秀威少年, 2013. 07
面； 公分. -- (少年文學)
BOD版
ISBN 978-986-89521-0-2(平裝)

859.6 102008265

# 讀者回函卡

感謝您購買本書，為提升服務品質，請填妥以下資料，將讀者回函卡直接寄回或傳真本公司，收到您的寶貴意見後，我們會收藏記錄及檢討，謝謝！如您需要了解本公司最新出版書目、購書優惠或企劃活動，歡迎您上網查詢或下載相關資料：http:// www.showwe.com.tw

您購買的書名：________________________________

出生日期：________年________月________日

學歷：□高中（含）以下　□大專　□研究所（含）以上

職業：□製造業　□金融業　□資訊業　□軍警　□傳播業　□自由業
□服務業　□公務員　□教職　□學生　□家管　□其它_____

購書地點：□網路書店　□實體書店　□書展　□郵購　□贈閱　□其他

您從何得知本書的消息？

□網路書店　□實體書店　□網路搜尋　□電子報　□書訊　□雜誌
□傳播媒體　□親友推薦　□網站推薦　□部落格　□其他__________

您對本書的評價：（請填代號　1.非常滿意　2.滿意　3.尚可　4.再改進）

封面設計____　版面編排____　內容____　文／譯筆____　價格____

讀完書後您覺得：

□很有收穫　□有收穫　□收穫不多　□沒收穫

對我們的建議：________________________________

________________________________

________________________________

________________________________

請貼
郵票

11466
台北市內湖區瑞光路 76 巷 65 號 1 樓
**秀威資訊科技股份有限公司** 收
BOD 數位出版事業部

..........................................................................................

（請沿線對折寄回，謝謝！）

姓　　名：________________ 年齡：________ 性別：□女　□男

郵遞區號：□□□□□

地　　址：________________________________________

聯絡電話：(日) ________________ (夜) ________________

E-mail：________________________________________